일제 강점기 동화집

오빠 생각

일제강점기 동화집

오빠 생각

2022년 11월 30일 제1판 제1쇄 발행
2024년 7월 1일 제1판 제3쇄 발행

지은이   강봉구 · 배지연 · 송현주 · 이종석 · 정윤영
그린이   배지연
펴낸이   강봉구

펴낸곳   작은숲출판사
등록번호 제406-2013-0000801호
주소   10880 경기도 파주시 신촌로 21-30 (신촌동)
전화   070-4067-8560
팩스   0505-499-8560
홈페이지 http://www.littleforestpublish.co.kr
이메일   littleforest@daum.net

ISBN 979-11-6035-136-1   43810
값 12,000원

경기문화재단

2022 문화예술 일제잔재 청산 및 항일 추진 공모사업 선정작

일제 강점기 동화집

오빠 생각

강봉구, 배지연, 송현주, 이종석, 정윤영 글

배지연 그림

일제 강점기 아이들은
어떻게 살았을까요?

저는 역사책 읽기를 무척 좋아합니다. 그러다 보니 현재를 살면서 종종 과거를 다녀오지요. 주먹도끼를 들고 사냥 떠나는 원시인들 틈에 슬쩍 끼어들기도 하고, 김홍도가 그리는 그림을 넋놓고 들여다보기도 합니다. 요즘 제가 자주 다니는 곳은 일제 강점기입니다.

오빠를 기다리는 이순이와 함께 당산나무 입구에 서서 노을 지는 하늘을 올려다보기도 하고(정윤영, 「오빠 생각」), 아기를 낳은 엄마를 위해 미역국 끓이는 우애 옆에 앉아 흐르는 땀방울을 닦아주기도 합니다(송현주, 「미역국」). 마사코와 옥이와 함

께 뒷산을 올라 모감주나무의 노란 꽃잎에 코를 박고 향기를 맡아도 보고(배지연, 「한복 입은 소녀들」), 미리 남포역에 나가 달려오는 봉구를 향해 손을 흔들어 주기도 하지요(강봉구, 「하얀 손수건」). 가끔은 준이와 현준이와 서현이 뒤를 쫓아다니며 봉오동 전투에 힘을 보태기도 합니다(이종석, 「청산리로의 소풍」).

나라를 빼앗긴 일제 강점기에도 많은 어린이 친구들이 지금의 우리들처럼 살고 있었네요. 자기 얘기를 들어 달라고 현재의 우리를 부르면서 말이죠. 귀를 기울여 보셔요. 일제 강점기 아이들

목소리가 들리나요?

아이들 얘기를 귀담아듣고, 좋은 이야기를 써 주신 정윤영, 송현주, 배지연, 강봉구 선생님과 이종석 군에게 고마움을 전합니다. 한 편의 이야기가 세상에 나오기까지 여러 날의 낮과 밤을 보냈을 선생님들, 그 노고를 알기에 귀한 이야기가 많은 어린이들에게 읽혔으면 합니다.

여느 일이 다 그러하듯, 글 쓰는 일도 힘이 많이 들지요. 고된 글쓰기가 선생님들에게 행복을 가져다주는 일이었으면 합니다.

선생님들이 행복해야 이 책을 읽는 어린이 친구들도 행복해질 테니까요. 오랜 시간 공들인 『오빠 생각』이 날개를 달고 세상 끝까지 훨훨 날아가기를 바랍니다.

2022년 11월

장경선 역사동화작가

하
안

손
수
건

칙칙폭폭, 칙칙폭폭, 칙폭칙폭, 칙폭칙폭….

꽤애애앵…, 꽤애애앵….

가쁜 숨을 몰아쉬던 기차가 긴 연기를 내뱉으며 남포역으로 들어왔어요. 무거운 기차 바퀴가 지쳐 보였어요. 종일 부추밭을 매고 돌아오는 엄마 발걸음처럼요.

'아휴! 이러다 늦겠는걸.'

남포역으로 향하던 봉구 발걸음이 빨라졌어요. 교회당이 있는 언덕에서는 남포역이 훤히 보여요. 교회당까지만 오면 이제 다 온 거나 마찬가지예요.

"오늘은 좀 늦었구나."

"예, 안녕하셔유?"

소식통 교회당 아저씨예요. 우리 동네에서 세상 돌아가는 이야기를 가장 많이 알고 있는 분이에요. 해방되었다는 소식도, 일본으로 징용 간 사람들이 곧 돌아올 거라는 소식도 아저씨가 알려줬어요.

"지금 막 기차가 도착했나 보더라. 오늘도 안 가 볼 참이니?"

"…"

교회당에서 여는 주일학교에 가끔 얼굴을 비추던 봉구였지만, 해방이 되고 나서는 매일 교회당에 들렀어요. 아빠가 빨리 돌아오게 해달라고 기도하려고요. 교회당 앞 평상에 앉아 남포역을 바라보고 있으면 금방이라도 아빠가 올 것만 같았어요.

"네 아버지도 곧 오실 거야. 병창 아버지도 돌아오셨다잖아."

아저씨 말에 위로가 담겼다는 것쯤은 봉구도 알아요. 해방은 되었어도 일본에서 돌아오지 못한 사람들이 많다고들 했어요. 그래도 실망하기는 아직 일러요.

"예, 오늘은 가 볼라구유. 아침에 까치가 울었거든유."

"그래? 그것참 듣던 중 반가운 소식이구나."

"근디유…."

봉구가 두리번거렸어요.

"누굴 찾는 거냐? 아, 정자는 오늘 안 왔다."

"그게 아니구유."

아저씨 입에서 정자 이름이 튀어나오자 봉구 얼굴이 빨개졌어요. 봉구는 속내를 들키기라도 한 듯 뒤도 돌아보지 않고 달렸어요. 같은 마을에 사는 정자에게 말 한번 건네보지 못했거든요. 정자가 꼬맹이들에게 찬송가를 가르치는 걸 본 이후로 정자만 보면 가슴이 쿵쾅쿵쾅 뛰고 얼굴이 뜨거워졌어요.

칙익칙익, 포옥포옥, 치익치익, 포옥포옥….

꽤이애애앵…, 꽤이애애앵….

사람들을 플랫폼에 부려 놓은 기차가 미끄러지듯 터널 속으로 사라졌어요. 그제야 봉구는 대합실로 들어섰어요. 광주리를 머리에 인 아줌마를 끝으로 더 이상 개찰구를 나오는 사람은 없었어요.

'이눔에 까치, 내 가만두나 봐라!'

그래도 혹시나 하는 마음에 봉구는 개찰구 안쪽으로 고개를 길게 뺐어요. 그때 큰 그림자 하나가 봉구를 막아섰어요.

"오늘 운행은 다 끝났으니께 내일 다시 와라이?"

역장 아저씨예요.

"예에."

봉구는 고개를 푹 숙인 채 발길을 돌렸어요.

'아빠는 왜 오지 않는 걸까?'

일본으로 끌려간 사람들이 모두 돌아올 거라는 어른들 말은 말짱 거짓말인가 봐요. 우리 마을에서 살아 돌아온 건 병창 아버지뿐이니 말이에요.

'네 아버지는 꼭 돌아오실 거야.'

교회당 아저씨 말이 봉구 귓가에서 맴돌았어요. 교회당에서 기도문을 욀 때처럼 자꾸 되뇌어졌어요.

'아버지는 돌아오실 겨. 아버지는 돌아오실 겨. 아버지는 봉구를 보러 꼭 돌아오실 겨.'

봉구는 넋 나간 사람처럼 혼자 중얼거리며 걸었어요. 그 사이 서쪽 하늘을 물들이던 노을이 어느새 철길 위에 내려앉고 있었어요.

"엄니, 교회당 아저씨가 교회로 모이랴."

"뭣 땜시?"

"병창이 아버지가 일본서 돌아오셨잖여."

병창이 아버지 이야기가 나오자 엄마 낯빛이 흰죽처럼 변했어요. 마음이 편치 않다는 거예요. 봉구 마음도 편치는 않았어요.

"니나 가 봐라이. 내가 간다고 혀서 니 아버지가 오시는 것도 아니구…, 밭 매러 가야 허니께."

"부추밭은 어제도 맸잖여!"

엄마는 호미를 챙겨 들고 사립문을 나섰어요.

봉구는 교회당으로 달려갔어요. 아빠 소식이 너무나 궁금했거든요. 교회당이 멀게 느껴진 건 이번이 처음이에요.

"배고프구 힘들었슈. 사람들두 많이 죽어 나갔구유. 그래서 봉구 아버지랑 탈출을 혔는디…."

"그리서?"

여기저기서 웅성거리는 소리가 교회당을 가득 채웠어요.

"그러지 말고 한 사람씩 천천히 물어보세요."

교회당 아저씨의 말끔한 서울 말씨에 마을 사람들은 귀를 쫑긋 세운 채 병창 아버지 입만 바라보았어요.

"탈출허다가 그만 형님이 다리를 다쳤지 뭐유. 부러졌슈. 그래서 더 걸을 수 없게 되니께…."

"아따, 그리서?"

"지더러 먼저 시모노세키로 가 있으라고 했슈. 거기서 부산으로 가는 밀항선을 알아보면서 기다리라구유. 어떻게든 살아서 만나자구유. 해방 되기 여섯 달쯤 전이었을 거유."

"그래서, 병창 아부지만, 혼자만 살아왔대유?"

갑자기 들려온 울음 섞인 목소리에 순간 사방이 조용해졌어요. 엄마였어요. 엄마도 아빠 소식이 궁금했던 게 분명해요.

"어쩔 수 없었슈, 형수님. 형님이 워낙 완강하게 밀어내는 바람에…."

"그렇다고 혼자만 오믄 워쩐대유. 봉구 아부지는유?"

날카로운 엄마 목소리는 어느새 탄식으로 바뀌었어요. 엄마는 병창이 아버지 앞으로 달려와 철퍼덕 주저앉으며 몸부림을 쳤어요.

"아이구, 봉구 아부지유, 봉구 아부지유."

엄마가 그렇게 서글프게 우는 건 처음 봤어요. 울부짖는 엄마를 보자 봉구도 울음이 터질 것만 같았어요. 하지만 그럴 수 없었어요. 어디선가 정자가 보고 있을 것만 같았어요.

"아이구, 봉구 엄니, 그만 혀유. 병창 아부지가 일부러 그런 것도 아닌디."

사람들이 자지러지는 엄마를 부축해 평상에 앉혔어요. 아버지가 다리를 다쳤다는 소식에 그나마 남아 있던 희망이 툭 끊어지는 것만 같았어요. 왈칵 복받치는 눈물을 애써 참고 있는데, 교회당 아저씨가 물 한 대접을 들고 왔어요.

"이거, 드세요…."

"아이구, 봉구 아부지유…, 봉구 아부지유…."

엄마는 물 한 대접을 금세 들이켰어요. 그리고는 병창 아버지 바짓가랑이를 부여잡고 그만큼의 눈물을 다시 쏟아내고야 말았어요.

"죄송해유. 지만 살아와서. 하지만…, 형님은 꼭 돌아오실규."

"그걸 어떻게 장담한대유. 다리도 다쳤다면서유. 어떻게 살아온다는 말이대유."

"부산 와서 들은 소식인디유. 일본 기업에서 조선인을 위해 귀국선을 마련해 줄 거라는 소식을 들었슈. 배 이름이 우키시마호라고 했는디…. 암튼 곧 부산항으로 들어올 거라고 했슈."

"우키…, 뭐유?"

교회당에 모인 사람들은 다시 웅성거렸어요. 일본 놈들을 어떻게 믿냐는 사람들도 있었지만 고맙다는 사람들도 있었어요. 하지만 봉구는 아빠만 돌아온다면 아무래도 상관없었어요.

"봉구 아버지도 배 타고 곧 돌아오시겠구만유."

"봉구 엄니! 힘 내유. 곧 오신다잖어유."

사람들은 엄마를 위로하는 말을 하고는 교회당을 하나둘씩 빠져나갔어요.

"봉구야. 이거 받어라. 니 아부지가 헤어질 때 준 겨. 먼저 고향에 가거들랑 니한티 주라고…."

하얀 손수건이었어요. 노란 민들레와 나비 사이로 핏자국 같은 얼룩도 보였어요.

"봉구 아부지, 봉구 아부지…."

엄마가 해진 손수건을 잡아챘어요. 그러고는 다시 울음을 터뜨렸어요. 봉구 눈에도 눈물이 차올랐어요. 하얀 손수건은 아버지가 일본으로 떠나던 날 엄마가 만들어서 건넨 거랬어요. 시집오기 전부터 수놓는 거라면 동네 일등이었던 엄마가 하얀 치마를 찢어 만들었대요.

"엄니! 이것 좀 봐유."

해 뜨자마자 사라졌던 봉구가 조개 한 바구니를 들고 마당으로 들어섰어요.

"뭣하러 이런 걸 잡아 오고 그랴? 허라는 공부는 안 허구."

"….."

"이놈이 인저 지 에미 말은 귓등으루두 안 듣는구먼."

봉구네 집에서 한 오 리쯤 가면 갯벌이 나와요. 동네 아이들은 갯벌로 나가 망둥어나 조개를 잡아 오곤 했어요.

"아부지가 조개를 좋아했다믄서유."

"이놈이…, 그건 어찌 알았댜?"

"엄니가 그랬잖유. 엄니가."

"니 아부지가 조갤 참 좋아허셨지…."

엄마는 조개를 씻다 말고 먼 산을 바라봤어요.

"엄니, 아부지는 그 배 타고 오시겠쥬? 우키시마호유."

"….."

엄마가 대답을 안 하자 봉구가 엄마 목소리로 흉내를 냈어요.

"암만, 오시구 말구. 오시구 말구. 니 보구 싶어 꼭 오실 겨."

"엄니, 근디유. 아부지가 지 얼굴을 알아볼라나유?"

"얘가 갑자기 뭔 소리대?"

"아부지가 저를 알아볼 수 있으야 허는디유. 사람들이 많으믄 못 알아볼 수도 있잖어유."

"아부지가 너를 못 알아볼 수 있간? 니는 니 아부지랑 완전 판백이여, 판백이."

아버지랑 닮았다는 엄마 말에 기분이 좋아졌어요. 봉구가 기억하는 아버지는 엄마랑 나란히 찍힌 결혼식 사진 속에 있어요. 키가 큰 아버지는 손은 더 컸어요. 그 큰 손으로 남들보다 일을 세 배는 빨리했대요. 그런 소리를 들을 때마다 봉구는 은근히 어깨에 힘이 들어가곤 했어요.

"오늘도 갈텨?"

"가야쥬? 엄니는 오늘도 안 갈튜?"

"내가 거기 갈 시간이 있간? 일이 산더미인디."

바지 주머니에 손을 넣자 손수건이 손에 잡혔어요. 봉구는 하얀 손수건을 꺼내 들었어요. 실밥이 군데군데 터지고 헤져 있었지만 빳빳하게 다림질이 되어 있었어요. 민들레꽃 위에 수놓인 나비는 손으로 툭 치면 금방이라도 날아오를 것만 같았어요.

"엄니, 이거 엄니가 만든 거랬지? 엄니 솜씨 좋네잉."

"이눔이 지 에미를 갖고 농을 쳐?"

엄마 목소리가 갑자기 커졌어요. 이럴 때는 내빼는 게 상책이에요. 엄마 눈치를 슬슬 살피던 봉구가 뒷걸음질을 쳐 사립문을 나와 교회당까지 한달음에 달렸어요.

"아버지 만나러 가는구나. 아버지는 꼭 돌아오실 거야."

교회당 아저씨의 위로를 들으니 발걸음이 더 가벼워졌어요.

오늘도 까치가 울었거든요. 오늘도 안 오면 까치를 가만두지 않을 거라고 다짐했어요.

대합실에 들어선 봉구 눈에 나무 의자에 다소곳이 앉아 있는 정자가 보였어요. 빨간 구두에 체크 무늬 치마를 입은 아이가 정자라는 걸 뒷모습만으로도 봉구는 단번에 알 수 있었어요. 어떻게 알았냐고요? 그건 비밀이에요.

"웬일이니?"

"응…, 그냥….."

봉구는 무슨 말을 해야 할지 몰랐어요. 생각은 입안에서 맴돌 뿐 도무지 말이 되어 나오지 않았어요.

"여기 왜 왔어?"

"넌 무슨 일로?"

약속이나 한 듯 거의 동시였지만 정자가 좀 빨랐어요.

"난, 오늘 아버지가 오신다고 해서."

"그랬구나…. 나두…, 아부지가….."

"그래, 소식 들었어. 너희 아버지도 곧 돌아오신다면서?"

봉구는 정자랑 단둘이 이야기하고 있다는 게 꿈만 같았어요. 봉구는 정자랑 결혼하는 꿈도 여러 번 꾸었어요. 그래서인지 정자를 보면 얼굴이 더 화끈거렸어요.

"맞아. 아빠는 우키시….”

"그래, 우키시마호를 타고 오시는 거지?”

"어? 어떻게?”

"교회당 아저씨가 알려주셨어.”

봉구는 속으로 '우. 키. 시. 마. 호.'라는 다섯 글자를 또박또박 외고 또 외웠어요. 그래야만 아버지가 그 배를 타고 꼭 돌아올 것만 같았거든요.

"난, 아빠를 처음 만나는 거야.”

"나두.”

봉구는 정자와 참 비슷한 게 많다고 생각했어요. 그런 생각을 하니 정자가 아주 친했던 사람처럼 느껴졌어요.

"난, 아빠가 싫어!”

"….”

"가끔 예쁜 옷과 학용품을 보내오기는 했지만, 아빠가 미워.”

정자가 띄엄띄엄 말하는 동안 봉구는 그냥 듣고만 있었어요. 그런데 갑자기 정자 어깨가 들썩였어요. 울고 있는 거예요. 봉구는 아빠가 살아만 있어도 좋을 것 같은데 정자는 아닌가 봐요.

"이거….”

봉구가 손수건을 내밀었어요. 한참을 망설이던 정자가 손수건을 받아들었어요. 봉구는 하얀 손수건으로 눈물을 닦는 정자가 참 예쁘다고 생각했어요.

그때 멀리서 기적소리가 들려왔어요. 두 사람은 마치 약속이나 한 듯 동시에 의자에서 일어났어요.

한 무리의 사람들이 개찰구를 빠져나왔어요. 봉구는 개찰구를 빠져나오는 사람들을 놓칠세라 하나하나 꼼꼼하게 살폈지만 아빠 같은 사람은 보이지 않았어요. 개찰구로 들어올 사람이 더는 없을 것 같았던 순간, 멀리 하얀 양복에 하얀 구두를 신은 아저씨가 보였어요. 봉구는 정자 아버지라는 걸 대번에 알 수 있었어요. 정자는 개찰구를 빠져나온 아저씨 손에 이끌려 대합실을 서둘러 나갔어요.

'아, 내 손수건!'

황급히 뒤따라 나갔지만, 정자 일행은 건널목을 건너 교회당 길을 오르고 있었어요. 정자가 자꾸만 뒤를 흘끗거렸지만 그뿐이었어요. 정자는 아저씨 뒤를 따라 종종걸음을 쳤어요.

한동안 정자 소식을 들을 수 없었어요. 학교에서도 정자를 볼 수 없었어요. 봉구는 정자 소식이 궁금했지만, 아무에게도 묻지 않았어요. 하얀 손수건을 돌려주지 않고 사라진 정자가 가끔 보고 싶었어요. 하얀 손수건이 있어야 아빠를 만날 수 있을 것만 같은 생각이 들 때면 정자가 밉기도 했어요. 하지만 정자를 보고 싶은 마음이 더 컸어요. 엄마에게는 정자가 손수건을 가져갔다는 말은 꺼내지도 못했어요. 다행히 엄마는 손수건에 관해 묻지 않았어요.

"오늘도 가니?"
교회당 아저씨였어요.
"아버지는 아직이시지?"
"예."
해방된 지 한 달이 다 되어 가는데도 아버지는 남포역에 나타나지 않았어요.
'혹시, 손수건이 없어서 못 오시는 건가?'
손수건을 되돌려받지 못한 게 영 마음에 걸렸어요.
"봉구야, 한번 열어 봐라."
아저씨가 분홍색 종이상자를 건넸어요. 민들레랑 나비가 수놓인 게 분명 아빠의 하얀 손수건이었어요. 그새 나비가 한 마리 더 늘어 있었어요.

"정자가 왔더구나. 너한테 전해 달라면서 이 상자를 두고 갔다."

말끔하게 다림질된 손수건 밑에 곱게 접힌 쪽지가 보였어요. 정자처럼 예쁜 글씨가 가득히 적힌 편지였어요. 봉구는 편지를 읽지 않고 그대로 접어서 상자에 넣었어요.

칙칙폭폭, 칙칙폭폭, 칙폭칙폭, 칙폭칙폭….
꾀애애애애앵….

기차가 또 도착한다는 신호예요. 오늘은 사람들 속에 아버지가 정말 있을 것만 같았어요. 하얀 손수건이 돌아왔기 때문이에요. 봉구는 손수건을 꺼내어 높이 흔들었어요. 순간 휘리릭 바람이 불더니 봉구 손에서 손수건을 채 갔어요. 봉구 손을 떠난 손수건이 나비처럼 나풀거리며 날아올랐어요. 잡으려 손을 뻗었지만 플랫폼 쪽으로 더 날아가 버렸어요.

점점 더 멀어지는 손수건 너머로 지팡이를 짚은 키 큰 사내가 봉구 쪽을 바라보고 있었어요.

작가소개 **강봉구**

대학에서 국어국문학을, 대학원에서 국어교육을 전공했고 20년 이상 다른 사람의 글을 고치고 만지는 일을 했습니다. 여럿이 함께 산문집 『넌 아름다운 나비야』·『난 너의 바람이고 싶어』 ·『괜찮다, 괜찮다, 괜찮다』를 펴냈습니다. 장경선 작가를 만나 역사동화 쓰기 모임을 하면서 처음 동화를 쓰게 되었고, 동화에 대해 여전히 배워 가는 중입니다.

作가의 말

역사동화를 배우면서 오래전에 만들었던 『일본탈출기』를 떠올렸습니다. 일제 강점기 일본으로 강제 징용을 당했다가 구사일생으로 일본을 탈출하여 고향 땅을 밟은 고 김장순 할아버지의 체험 수기입니다. 해방 무렵 열세 살이던 어머니가 생각났습니다. 동화를 쓰고 고치는 내내, 어머니 손을 잡고 걸었던 남포역과 외갓집 풍경이 마음에 가득하였습니다. 열여섯에 시집와서, 사업 핑계로 집엘 오지 않는 남편을 기다리며 부추밭을 매던 외할머니를 기억합니다. 원망하는 마음으로 한없이 아버질 기다리던 열두 살 소녀가 그 곁에 있습니다.

부족함이 많은 글을 고치고 또 고치는 과정에서 이 동화의 소재가 된 '우키시마호'를 만나게 되었습니다. 일본이 마련한 배를 타고 고국에 돌아오다 의문의 폭발 사고로 희생된 수천 명의 '봉구' 아버지들. 그 아버지들을 눈물로 기다렸을 또 수천 명의 봉구와 어머니들. 서툰 게 많아 부끄러운 글이지만 이 동화가 우리의 기억 속에서 잊힌 우키시마호의 비극, 일제 강점기 고통받은 수많은 '봉구' 아버지들을 다시 만나는 계기가 되었으면 하는 바람입니다.

한복 입은 소녀들

"엄마! 나도 따라가면 안 돼? 심심하단 말야."

"중요한 어른들 모임이라고 했잖아. 집에서 조용히 책이나 보면 좀 좋니."

엄마가 종종걸음을 치며 현관을 나섰다. 엄마는 이사 온 다음 날부터 뭐가 그리 바쁜지 집에 있는 날이 없었다.

우리 가족은 얼마 전까지 경성에 살았다. 경성 집은 지대가 높아 내 방 큰 창 너머로 주위가 훤히 내려다보였다. 나는 하루에도 몇 번씩이나 목을 쭉 빼고 창밖을 구경했다. 그중에서도 붉은 벽돌의 '조선호테루 경성(Chosen Hotel Gyeongseong)'이 기억에 남았다. 내 생일잔치를 연 곳이 바로 그 호텔의 '팜코트'

레스토랑(Palmcourt restaurant)이었기 때문이다. 그때 먹었던 달콤한 양파스프와 부드러운 비프스테이크는 도저히 잊을 수 없다. 그곳에서 아빠에게 원피스 선물까지 받았으니 더욱 그랬다.

"마사코, 근처에 경성 최고의 미츠코시 백화점이 생겼단다. 다음에 같이 가자. 이 원피스와 어울리는 예쁜 구두도 사줄게."

레스토랑을 나오며 아빠는 다정한 목소리로 눈을 찡긋하며 웃어 보였다.

나는 행운을 가져다주는 아인가 보다. 생일 다음 날 아빠에게 좋은 일이 생겼으니 말이다. 아빠의 계급이 한 단계 올라서 발령을 받았다는 것이다. 그게 뭔지 잘은 몰라도 아빠가 축하받고 좋아하니 나도 덩달아 기뻤다.

하지만 아빠의 발령이 미츠코시 백화점은 구경도 못 하고 이사를 오게 만들 줄이야. 더군다나 낯선 동네에서 맞는 방학이라 친구 한 명 없이 지내야 했다.

"오빠, 뭐해?"

나는 오빠 방문을 벌컥 열었다.

"야, 마사코! 노크 안 해?"

"오빠, 너무 심심해. 오빤 안 심심해?"

"뭐가 심심하냐? 당장 안 나가!"

맹수같이 으르렁거리는 오빠에게 대들지는 못하고, 애꿎은 방문만 쾅 닫고 나왔다. 오빠는 엄마를 닮아서 항상 책을 끼고 살았다. 난 책만 펴면 눈꺼풀이 무거워지던데 말이다. 내년에 경성제국대학에 입학할 거라는 오빠는 매일 책 속에 파묻혀 지냈다.

"마사코 아기씨!"

부엌 쪽에서 아줌마가 나를 불렀다.

"전 빨래하고 올 테니 요깡* 먹으면서 놀고 있어요."

나는 요깡을 한 주먹 쥐고 마당으로 나왔다. 마당을 어슬렁거리며 요깡을 입속에 하나 넣었다. 쫀득쫀득한 느낌이 심심한 내 마음을 달래 주었다. 하지만 단맛은 오래 가지 않았다.

'오후 내내 뭐하고 놀지?'

"끼익."

대문 열리는 소리에 놀라 고개를 돌려보니 아줌마가 빨랫감이 담긴 바구니를 머리에 이고 뒷마당 쪽문으로 나가는 것이 보였다.

'엄마가 쪽문 쪽으로는 나가지 말랬는데…'

그런데 요깡이 슬며시 내 호기심을 구슬렸다.

'괜찮아, 한번 가 봐. 너 지금 엄청 심심하잖아!'

나는 요깡 쥔 손을 잠시 내려다보았다. 그중 하나를 입에 쏙 넣고는 쪽문을 열고 작은 오솔길을 따라 걸었다.

툭탁툭탁….

그리 멀지 않은 곳에서 빨랫방망이 두드리는 소리가 어지럽게 들려왔다. 아이들의 웃음소리도 바람을 타고 들려왔다.

'어? 아이들도 있네?'

나도 모르게 발걸음이 빨라졌다. 바위에 엎드린 개구리가 졸린 듯 눈을 끔벅거리다가 내 발소리에 놀라 개울로 첨벙 뛰어들었다.

냇가 바로 위 둔덕에서 아이들이 고무줄놀이를 하고 있었다. 나는 큰 나무 뒤로 몸을 숨겼다. 경쾌한 빨래 방망이질 소리가 그치더니 우리 집 아줌마와 빨래하던 아줌마들이 하나둘 자리를 떴다. 재잘거리며 놀던 아이들까지 사라지고 '이제 나 혼자 남은 건가?' 하고 생각하고 있는데, 한 소녀가 남아 아직 빨래를 하고 있었다.

'말을 한번 걸어 볼까?'

손에 든 요깡을 주머니에 쑤셔 넣고는 서둘러 징검다리를 건너는데, 아뿔싸 앞선 마음 탓에 발을 헛디디고 말았다. 물에 빠져 어찌할 바를 몰라 젖은 옷자락만 붙잡고 멍하니 서 있었다. 그때였다.

"얘! 괜찮아? 잡아 줄까?"

혼자 빨래를 하고 있던 그 소녀가 뛰어와 손을 내밀었다. 반가운 마음에 내민 손을 살며시 잡았다.

"처음 보는 앤데?"

"경성에서 이사 왔어. 내 이름은 마사코야."

"으응… 난 옥이야."

옥이의 얼굴이 수줍은 듯 발그레해졌다. 좀 더 얘기를 나누다 보니 옥이는 열두 살 동갑내기였다. 우리 둘은 나이가 같은 게 신기해 손을 맞잡고 즐거워했다.

"우리 집에 가서 옷 말릴래?"

"그래도 돼?"

옥이가 고개를 끄덕이며 내 손을 끌었다.

낮은 언덕을 넘어가니 동네가 보였다. 어른들은 모두 일하러 나갔는지 조용했다. 아랫마을에 있는 옥이네는 골목길 첫 번째 였다. 옥이는 내게 옷을 한 벌 건네 주었다.

"한복을 입게 될 줄이야! 경성에 있을 때 조선 아이들이 입은 걸 보기만 했는데… 기모노는 혼자서 입기도 힘들고 뛰기는 더

힘들고."

"그래? 그래서 기모노 안 입고 있었구나. 빨랫줄에 젖은 옷들을 널어놓고 마를 동안 고무줄놀이할래?"

옥이가 고무줄 양쪽 끝을 사립문과 감나무에 묶으며 말했다. 옥이가 하는 대로 노랫소리에 맞춰 따라 했지만, 처음 하는 놀이라서 그런지 박자를 놓치며 고무줄에 발이 엉켰다. 그런 내 모습을 본 옥이는 누가 간지럽히는 것도 아닌데 까르르 웃었다. 나도 자꾸 웃음보가 터져 땅바닥에 철퍼덕 주저앉았다.

"헉헉, 아, 숨차. 이거 너무 재미있어!"

한복은 고무줄놀이할 때도, 바닥에 앉아 있기에도 너무나 편했다. 노는 데 열중하다 보니 까맣게 잊었던 요깡이 생각났다. 주머니에 넣어 두었던 요깡은 다행히 물에 젖지 않았다.

"옥아, 이거 먹어 봤어? 요깡이야. 근데 어쩌지. 주머니에서 찐득하게 서로 붙어 버렸네."

"요깡?"

옥이는 요깡을 요리조리 돌려보며 냄새를 맡아 보더니 조금 떼어내 입에 넣었다. 입을 오물거리던 옥이의 눈이 알사탕처럼 커졌다.

"와! 정말 맛있다!"

내가 고무줄놀이하며 즐거워했던 것만큼이나 옥이는 요깡 먹는 걸 좋아했다.

"마사코, 넌 언니나 동생 없니?"

"오빠가 있어. 있으면 뭘 해. 상대도 안 해 주는걸. 넌?"

"여동생이 있어."

"어딨는데?"

옥이는 여동생 순이가 아파서 경성병원에 있다고 말했다. 엄마도 순이를 돌보러 경성에 가 있어서, 지금은 아버지와 단둘만 있다고 했다.

"옥아, 나 내일도 놀러 와도 돼?"

"당연하지! 꼭 와야 해!"

옥이와 나는 손을 맞잡고 팔짝팔짝 뛰었다. 옥이도 나만큼이나 심심했던 모양이다. 그러는 사이 빨랫줄에 널어 둔 옷이 바람을 타고 가볍게 날렸다. 나는 바싹 마른 내 옷으로 다시 갈아입었다. 집으로 돌아가려고 생각하니 마음이 조급해졌다. 엄마가 돌아오기 전에 집에 가야 내일 또 옥이를 만나러 나올 수 있을 것 같았다. 나와 옥이는 함께 개울을 건넜다.

"내일도 여기서 만나자."

우리는 손가락을 걸며 약속했다. 옥이는 폴짝폴짝 징검다리

를 건너며 뒤돌아서서 손을 흔들었다. 나도 손을 흔들었다. 벌써부터 내일이 기다려진다. 내일은 뒷동산에 올라가기로 했기 때문이다.

몸은 피곤한데도 말똥말똥 잠이 오지 않았다. 열어 둔 창문 틈으로 오늘따라 유난히 밝은 달빛이 새어들어 왔다. 날이 밝기 전까지 모든 게 느릿느릿 움직였다. 어둠도 느릿느릿 지나가고, 해도 느릿느릿 솟았다. 날이 밝자마자 나는 아줌마에게 요깡을 달라고 재촉했다. 옥이를 만나러 갈 준비를 완벽하게 끝낸 나는 내 방에서 거실로, 거실에서 부엌으로 열 번도 넘게 왔다 갔다 했다. 엄마의 동태를 살펴야 했기 때문이다. 오늘따라 엄마는 느릿느릿 외출을 했고, 아줌마까지 느릿느릿 장을 보러 갔다. 드디어, 모두가 집을 나갔다. 물론 방에서 꼼짝 않고 공부하는 오빠만 빼고. 나는 발에 날개가 돋친 듯 빠르게 뛰어 개울에 도착했다. 옥이는 먼저 와서 나를 기다리고 있었다.

"옥아, 나 한복 입을래. 그래야 동네 친구 같잖아."

"안 그래도 내가 미리 준비했어. 그런데 마사코, 요깡 또 있어? 그거 너무 맛있어."

한복으로 갈아입은 나는, 옥이와 함께 요깡을 먹으며 마을 뒷산으로 올랐다. 내리쬐는 햇볕을 피하기에는 뒷산이 제격이었다. 오솔길을 따라 걷다 보니 이름 모를 꽃들이 잔뜩 피어 있었다. 새들의 노랫소리에 콧노래마저 저절로 흘러나왔다.

"마사코, 이 꽃 이름이 뭔지 아니?"

"몰라, 머리에 꽂으니까 나풀나풀 노란 나비 같아. 이름이 뭐야?"

"모감주야. 우리 엄마가 좋아하는 꽃이야. 다른 나무들은 이른 봄에 꽃을 피우는데, 모감주나무는 여름 장마 시작 전에 꽃이 펴. 모감주나무는 더운 여름 목마르게 비를 기다리듯이 누군가를 간절히 기다릴 줄 아는 나무라고 엄마가 알려 줬어. 꽃말이 기다림이래."

"모감주⋯."

노란 꽃만큼이나 예쁜 이름이었다. 기다림이라는 뜻도 좋고, 엄마와 동생 순이를 기다리는 옥이 같아 마음이 아팠다.

옥이를 만나면 시간이 어찌나 빨리 지나가는지 속상했다. 만난 지 얼마 되지 않은 것 같은데 벌써 집으로 돌아가야 할 시간이 돼 버렸다. 터덜터덜 산을 내려와 옥이네 집으로 돌아왔다.

"옥아! 집에 있었구나. 아이고. 어쩌냐!"

옆집 사는 박씨 아줌마가 숨을 헐떡이며 뛰어 들어왔다.

"아줌마, 무슨 일이에요?"

"옥아, 큰일 났다. 선생님이 경찰서에 붙들려 가셨다. 서당에서 한글 가르치는 걸 경찰한테 들켰단다. 어쩌면 좋으냐. 네 엄마도 없는데."

"네? 경찰서에요? 아버지가요?"

"그래, 그래. 옥아, 무슨 일이야 있겠냐 마는. 그래도 가 봐야 되지 않겠냐. 안 되면 면서기 최씨한테 가 보고, 알았지? 나라도 같이 가 주면 좋은데, 경찰서 근처는 얼씬하기도 겁나서 미안타."

옥이와 나는 서둘러 삼거리에 있는 경찰서로 달렸다. 경찰서라면 아빠가 일하는 곳이지만 옥이를 혼자 보낼 수 없는 일이었다. 걱정하는 옥이 옆에 있어 주고 싶었다. 나는 혹시라도 아빠를 만날까 봐 고개를 잔뜩 숙인 채 옥이보다 반걸음 뒤에서 걸었다.

"아버지를 만나게 해 주세요."

옥이가 순사에게 애원했다.

"어허, 안 된다니까. 어서 돌아가! 어린 애가 여기가 어디라고 경찰서 앞을 기웃거리고 있어! 걸리적거리니 저리 가!"

경찰서 문 앞을 지키던 순사가 옆구리에 찬 긴 칼을 매만지며 눈을 부라렸다. 그 순간 등골이 오싹하고 손에 땀이 났다. 옥이가 아무리 사정을 해도 소용이 없었다. 돌아서는 옥이 눈에 눈물이 글썽였다.

"면사무소로 갈 거야."

옥이가 빠른 걸음으로 앞장섰다. 나도 그 뒤를 따랐다. 옥이의 발걸음은 두려움을 떨쳐내려고 애쓰는 듯 더 당당해 보였다. 옥이가 앞장서 면사무소 안으로 들어가고 나도 뒤따라 들어갔다.

"최씨 아저씨, 경찰이 아버지를 잡아갔어요. 아저씨가 좀 도와주세요."

"흠, 나한테 말해봐야 소용없다. 내가 네 아버지 알고 지낸 세월 때문에 이제껏 많이 눈감아 줬어. 그런데 이번엔 안 돼. 어서 돌아가!"

최씨 아저씨는 이미 소식을 알고 있는 듯 냉랭한 목소리로 말했다.

"아저씨, 저희 아버지 잘못한 거 없어요. 아시잖아요."

"잘못한 게 없다고? 얘가 어디 가서 그런 소리 하지 마라. 까딱 잘못 했다가는 나까지 엮이겠네. 지금 시대가 어느 시대라고 애들 모아다가 한글 가르치고 있어! 그것도 신식 학교 선생이라는 사람이. 쯧쯧."

"제발 아버지를 풀어주세요."

"그러게. 적당히 맞춰 살 줄도 알아야지. 세상 돌아가는 대로 사람이 휘기도 하고 그러는 거지. 내가 어린 너한테 말해서 뭐 하겠냐. 휴."

"따르릉, 따르릉."

그때 최씨 아저씨 책상 위에서 전화기가 시끄럽게 울렸다. 최씨 아저씨가 냉큼 전화를 받았다. 거만하게 말하던 아저씨가 화들짝 놀라 의자에서 벌떡 일어났다.

"하이, 하시모토 경찰서장님. 알고 있습니다. 내일 트럭이 도착한다고 들었습니다. 인원은 제가 맞춰 보도록 하겠습니다만…. 아…, 아닙니다. 맞출 수 있습니다. 하이!"

하시모토 경찰서장이라면 바로 우리 아빠였다. 전화를 끊은 아저씨가 난처한 얼굴로 철퍼덕 의자에 앉았다. 그러더니 묘한 웃음을 흘리며 옥이를 쳐다보았다.

"옥아, 네 아버지를 경찰서에서 당장 꺼낼 방법이 있긴 한데…."

아저씨의 목소리가 갑자기 나긋하게 바뀌었다. 어깨가 축 쳐져 있던 옥이가 아저씨에게 바짝 다가섰다.

"아버지를 꺼내려면 네가 정신대에 가면 된다."

"정신대요? 제가요? 그럼 바로 풀어주시는 거예요?"

"그래. 차 타고 잠깐 다녀오면 돈도 준다. 여기 동네 언니들도 많이 가니 걱정마라."

"가서 뭐 하는데요?"

"그건 가 보면 안다. 뭘 그렇게 묻는 거냐? 가기 싫으면 그만둬라."

선선히 말하던 최씨 아저씨의 표정이 갑자기 싸늘해지자 옥이가 아니라며 손사래를 쳤다.

"그런데 넌 누구냐?"

최씨 아저씨가 옥이 뒤에 멈칫멈칫 서 있는 나를 향해 뱀처럼 목을 길게 뻗었다.

"저요? 저는 순인데요."

나는 슬그머니 기어들어가는 목소리로 대답했다.

"아…, 순이. 그래. 요만할 때 보고 안 본 지 오래돼서. 너도 많이 컸구나. 언니랑 내일 같이 오너라."

"얘는 안 돼요."

"순이도 같이 오면 아버지가 더 빨리 나올 수 있다."

최씨 아저씨가 공책에다 뭔가를 적으며 말했다.

"올게요. 오면 되잖아요."

나는 보란 듯이 어깨에 힘을 주며 대답했다."그래, 그래. 내일 아침 10시까지 여기로 와라. 안 오면 아버지는 안 풀어준다. 알겠냐?"

나와 옥이는 고개를 끄덕이고는 면사무소를 빠져나왔다.

"휴우!"

나는 아직도 가슴이 쿵쾅거리는 것을 느끼며 안도의 한숨을 내쉬었다. 옥이도 맥이 탁 풀린 듯 깊이 숨을 몰아쉬었다.

"옥아, 아까는 너무 놀라 그만 네 동생 이름을 말했지 뭐야. 순이도 같이 오라고 해서 어쩌지."

"순이는 병이 나서 못 간다 해야지. 걱정 마."

"너 정신대 가고 나면 난 또 혼자서 심심하겠다."

"금방 다녀올 건데 뭐."

나는 잠깐이라도 혼자 남아 외로울 생각을 하니 벌써부터 온몸이 근질근질했다. 옥이가 정신대로 가기 전에 우리는 개울가에서 잠시 보기로 약속하고 헤어졌다.

집에 돌아오니 긴장이 풀렸는지 깜박 잠들었다. 아줌마가 부르는 소리에 겨우 몸을 일으키니 어느새 창밖이 어둑했다. 부랴부랴 주방으로 내려가자 아빠가 나를 기다리고 있었다.

"마사코, 어서 오거라. 우리 마사코한테 특별히 줄 선물이 있단다."

"정말요? 무슨 선물요?"

선물이란 말에 눈이 반짝 떠졌다.

"식사부터 하고 주지 그러세요. 당신도 참… 뭐가 급하다고."

"내가 기다릴 수가 있어야지. 하하. 마사코, 아빠가 일 때문에 경성 갔었잖니. 예전에 백화점 가서 신발 사 준다는 약속을 못 지켰던 게 두고두고 마음이 쓰였단다. 그래서 우리 딸이 좋아할 만한 것으로 아빠가 골라와 봤는데 마음에 들지 모르겠구나."

아빠가 포장지로 쌓인 예쁜 상자를 내밀었다. 아빠의 눈빛이 유난히 깊고 따스했다. 나는 얼른 포장을 뜯고 상자를 열었다. 반들반들 보랏빛이 도는 단화였다.

"와! 색깔이 너무 이뻐요!"

나는 발을 넣어 보았다. 쏘옥 들어가는 게 딱 맞았다. 일어나 빙그르르 한 바퀴 돌아도 보고 앞뒤로 걸어도 보았다. 그러고는 아빠에게 달려가 목을 꼬옥 안고 볼에 입을 맞추었다.

"허허. 마음에 드는 모양이구나. 정말 다행이네."

아빠는 호탕하게 웃으며 오빠에게는 몇 권의 책을 선물로 주었다.

'책보다 구두지.'

나는 아빠가 사다 준 구두를 벗지 않고 밥을 먹었다. 밥을 먹는 내내 발은 바닥에서 붕 뜬 것 같았다.

"아빠, 정신대가 뭐에요? 가면 뭘 해요?"

갑작스런 질문에 놀란 얼굴로 아빠와 엄마가 동시에 나를 보았다.

"대일본제국을 위해 필요한 일을 한다고만 알면 된다. 천황의 칙령에 따른 모든 일은 국익을 위한 것이며, 그것은 어느 누구도 예외가 될 수 없는 것이란다."

아빠 말투가 오빠를 혼낼 때처럼 카랑카랑하며 단호했다. 나는 고개를 갸웃거리며 엄마에게로 눈길을 돌렸다. 좀 더 쉽게 알려 달라는 눈빛을 보냈다.

"어… 그래. 마사코. 음, 정신대는 세상 공부를 시켜주는 곳이야. 음, 그래… 그러면 결국 나라에 도움이 되고… 아빠 말씀은 그걸 의미하는 거란다."

"세상 공부요? 책을 안 읽어도 되는 세상 공부예요? 어떻게요?"

나는 눈을 동그랗게 뜨고 다시 물었다. 한숨을 쉬는 엄마 표정이 일그러졌다.

"책 없이 세상 공부시켜 주는 곳이야. 잠깐 다녀오는 그런 곳. 아무튼 좋은 데야. 이제 어서 먹어라."

"엄마! 그러면…."

"마사코, 그만해! 이제 그만 말하고 밥이나 먹었으면 좋겠구나."

엄마가 짜증 섞인 목소리로 말했다. 엄마가 그렇게 인상을 쓰며 내 말을 끊은 적은 처음이라 무척 서운했다. 게다가 아빠까지 냉랭하게 식사에만 열중했다. 궁금한 건 많았지만 하려던 말이 목구멍 안으로 쏙 들어가 버렸다.

다음 날 아침, 오빠는 언제나처럼 아침을 먹고 책벌레의 임무를 수행하러 방에 들어갔다. 아빠는 중요한 업무가 있다며 차를 타고 일찍 나가셨다. 엄마는 모임을 하러 외출했다. 아줌마는 요강을 식탁에 올려놓고 장을 보러 나갔다. 나는 큰 보자기에 요강을 가득 옮겨 담았다. 어제 아빠에게 선물 받은 보랏빛 구두도 신었다. 그리고 망설임 없이 총총히 쪽문을 빠져나갔다.

여느 날과 다름없는 화창한 아침이었다. 하지만 내 마음만은 다른 날과 달리 기대감에 잔뜩 부풀었다. 새 신발 위로 햇살이 반짝였다. 개울가에는 옥이가 먼저 와 기다리고 있었다.

"옥아, 나랑 같이 가자!"

"정말? 너도 갈 거야?"

"응! 너 없이 심심한 것보단 훨씬 낫잖아. 엄마한테는 말 안 했어. 집에서 책이나 보라고 할 게 뻔하니까. 어쩜 다녀오고 나면 기특하다 할지도 모르지. 나도 어엿한 열두 살인데. 안 그래?"

나는 보자기에 한가득 싼 요깡을 가슴에 끌어안고는 의기양양하게 말했다. 나는 어서 가자고 재촉하며 앞장서 옥이네로 갔다. 마사코가 아니라 한복 입은 순이로 변신했다. 한복을 입고 옥이와 있으면 없던 용기도 솟아났다. 우리는 이제 잠시도 떨어질 수 없는 친구 사이가 된 것 같았다. 나와 옥이는 면사무소로 내달렸다.

최씨 아저씨가 기다렸다는 듯이 우리 이름을 공책에 적었다. 우리 둘은 트럭에 올라탔다. 이미 많은 여자들이 옹기종기 쪼그리고 앉아 있었다. 저마다 상기된 얼굴로 품 안에 보따리를 하나씩 안고 있었다. 나는 흰 저고리의 옷고름을 매만지며 옥이와 앉을 자리를 살폈다. 옥이도 트럭 안을 둘러보며 내 옆에 바짝 붙어 앉았다. 트럭 밖에서 군인들이 안으로 더 들어가라고 고함을 질렀다. 가슴이 움찔움찔 콩닥거렸지만 옥이에게 싱긋 웃어 보였다. 옥이도 긴장된 얼굴로 내 손을 꼭 잡았다.

덜컹.

트럭이 움직였다.

"옥아, 너와 함께여서 참 좋아."

나와 옥이는 점점 멀어져 가는 동네를 바라보며 손을 흔들었
다. 떠나는 길 위로 노란 모감주 꽃잎이 손짓하듯 흩날렸다. 이
곳에서 우리를 기다린다는 듯이.

* 요깡 : 일본식 양갱. 화과자의 일종으로 팥과 같은 곡물에 설탕, 물엿, 한천 등을
섞고 졸여서 만든 과자다.

역사동화의 매력에 빠져 글을 쓰고, 『오빠 생각』 삽화 작업도
하였습니다. 매일 창작의 즐거움을 느끼며 글에 어울리는 아름
다운 삽화도 그리는 것이 꿈이 되었답니다. 영원히 소녀 감성을
지닌 작가로 살고 싶은 소망이 있습니다.

우리는 각자가 꿈꾸는 행복이 있습니다. 그것이 무엇이든 우리가 행복을 꿈꿀 수 있는 것은 역사가 있기 때문입니다. 그래서 역사를 알아야 하고 잊지 말아야 한다고 생각합니다. 그런 마음으로 제가 열두 살 소녀로 돌아가 「한복 입은 소녀들」을 적었습니다.

마사코와 옥이를 보내고 저는 많이 울었습니다. 아름다운 모감주 동산에서 뛰어놀며 추억을 쌓아야 할 두 소녀의 손을 놓고 싶지 않았습니다. 한복 입은 소녀들이 받은 그 상처는 몇십 년이 지난 지금도 아물지 않고 있습니다. 가슴 아픈 역사는 바로 보고 어루만져 주어야 합니다. 그래야 새 살이 돋아납니다. 그 일을 여러분이 해 주시면 마사코와 옥이가 고마워할 것입니다.

"마사코! 옥아! 한복 입고 우리 같이 고무줄놀이할까?"

미역국

하늘과 땅이 맞닿은 서쪽, 징게 맹게* 너른 들녘 땅끝으로 붉은 노을이 드리워졌다.

"엉엉, 엄마한테 갈 거야. 엄마한테 데려다줘엉."

막내는 엄마가 보고 싶다며 마당에 주저앉아 떼를 썼다. 우애는 어쩔 수 없이 막내를 달래 손을 잡고 집을 나섰다. 우남이도 따라나섰다. 아침을 먹고 일하러 간 아버지와 엄마가 아직 돌아오지 않았기 때문이었다. 고샅*을 내려와 옹기종기 모여 있는 초가를 지나자 하시모토 집이 보였다. 하얀 벽돌을 쌓아올린 벽과 붉은색 지붕을 인, 크고 웅장한 집이었다. 가끔 창문 너머로 연초*를 물고 있는 관리인이 보이곤 했다. 이 큰 집을 지날 때마다 우애 가슴은 쿵쾅거렸다. 순사라도 튀어나와 와락 덮칠 것만 같았기 때문이었다. 그런 기분을 떨쳐 버리기라도 하려는 듯 우애는 막내 손을 꼭 잡고 재빠르게 그곳을 지나쳤다. 그때 우남이가 갑자기 침을 '퉤' 하고 뱉더니 냅다 뛰기 시작했다.

들녘으로 향하는 다리를 건너자 넓은 논이 펼쳐졌다. 조금 더 발길을 옮기자 두런두런 말소리가 들렸다.

"엄마아!"

막내는 엄마가 거기에 있다는 듯 사람들 소리가 나는 쪽으로 달려갔다. 급히 뛰다 넘어진 막내가 '으아아앙' 하고 울었다. 얼른 가서 살펴보니 옷에 진흙이 묻고 손바닥과 무릎에 생채기가 나 있었다.

"아이코, 삼월이네 애들 아녀?"

감나무 집 아줌마가 우애를 알아보고 굽은 허리를 펴며 말을 건넸다.

"예, 안녕하셔요? 근디 우리 어매는 여기 안 계신게라?"

"잉, 느그 어매는 저 길 따라 한참 더 가야 있을 겨. 막내가 보채서 나왔구먼?"

"…."

감나무 집 아줌마는 우애 맘을 훤히 들여다보듯 말했다. 그때 칠성 아재가 들고 있던 말총 채찍으로 바닥을 탁탁 내리치며 나타났다. 우애는 그 소리에 놀라 뒤로 나자빠질 뻔했다. 얼른 일을 하라는 신호였다. 잠시 허리를 폈던 사람들은 칠성 아재의 등장에 몸을 웅송그리더니* 고개를 숙여 다시 모를 심었다.

엄마가 거기 없다는 것을 안 막내가 더 크게 소리 내어 울기 시작했다. 우애는 막내에게 손을 내밀어도 보고 등을 다독여도 봤지만 꼼짝을 안 했다. 우애는 슬그머니 부아가 나는 것을 참고 바닥에 쭈그리고 앉았다.

"업혀!"

막내는 훌쩍훌쩍하면서 우애 등에 업혔다. 맘 같아서는 엉덩이를 꼬집어 주고 싶었지만 그러지 못했다. 그렇게 논길을 한참 더 걸었다. 훌쩍이는 소리가 잦아드는가 싶더니 조용한 것이 막내가 울다 잠이 든 모양이었다. 잠시 후 다시 웅성웅성하는 소리가 들려왔다.

"우애냐?"

앞집 아줌마가 먼저 우애를 알아보고는 아는 체를 했다. 그 소리를 듣고 나서야 엄마는 젖은 솜 같은 몸을 일으켜 세웠다.

"여그가 어디라고, 애를 업고 왔냐? 너도 힘들 턴디… 쫌만 지둘러라, 곧 끝난 게."

엄마 말이 끝나기 무섭게 채찍이 날아와 무논*에 찰싹 떨어졌다. 말을 탄 하시모토*였다. 물이 사방으로 튀었다. 너무 놀란 엄마는 철퍼덕 주저앉아 아무 소리도 내지 못했다.

"임자!*"

옆에 있던 아버지가 엄마를 급히 일으켜 세웠다.

"엄마!"

우남이도 뛰어갔다. 아버지는 하시모토를 한 번 쳐다봤을 뿐 어떤 말도 하지 못했다. 이 모습을 본 우남이가 씩씩거리며 두 주먹을 꽉 쥐었다. 그러나 그게 다였다. 사람들은 하시모토 채찍이 사람이나 짐승을 가리지 않는다는 걸 알고 있었다. 두려움에 어쩌지 못하는 사람들은 서로 안타까운 눈빛만 나눌 뿐이었다.

아버지 부축을 받아 일어난 엄마는 아무 말 없이 손에 든 모를 마저 심기 시작했다. 다른 사람들도 마지막 한 줄까지 다 심고 나서야 처벅처벅 논두렁길로 빠져나왔다. 맨 마지막으로 무거운 배를 손으로 받쳐 든 엄마가 느릿느릿 걸어 나왔다.

아버지와 다른 남자들은 삽과 못줄*, 남은 모춤*을 챙겼다. 우르르 빠져나온 사람들은 봇도랑* 물에 발을 씻는 둥 마는 둥 하고는 다들 집으로 잰걸음을 놓았다.

"애기 이리 다오."

엄마는 길바닥에 앉으면서 막내를 향해 손을 뻗었다. 우애는
막내를 엄마에게 넘겨 주었다. 축 늘어져 자던 막내는 어느새
엄마 품에서 꼬물꼬물 입을 놀렸다.

"종일 동생들 돌보느라 고생했쟈?"

"아녀, 엄마가 나보단 훨씬 힘들지."

우애는 두 팔로 다리를 감싸고 앉아 엄마를 바라보다 고개를
숙였다. 눈물이 핑 돌았다. 그러는 우애가 안쓰러웠는지 엄마는
우애의 흐트러진 머리를 만져 주었다. 우애는 그런 엄마의 손길
이 좋았다. 온종일 동생들 때문에 힘들었던 것이 싹 씻겨 나가
는 듯했다.

"니가 애쓴다. 니가 있어서 을매나 고맙고 다행인지."

엄마 목소리에 물기가 배어들었다. 아버지가 논에서 나와 막
내를 받아 안았다. 우애는 만삭인 배를 움켜잡은 엄마가 일어나
는 것을 도왔다. 우남이가 앞서고 그 뒤에는 아버지와 엄마, 우
애가 나란히 걸었다. 조금 덜 차오른 보름달이 우애네 식구를
하얗게 비춰 주고 있었다.

다음 날 아침, 모내기 나갈 채비에 부산한 아버지에게 엄마가
말했다.

"우애 아부지, 난 아무래도 오늘은 못 나갈 것 같구먼요. 어제 무논에 주저앉은 것이 영 안 좋은지, 밤새 배가 아팠어라. 꼭 애가 나올 것 같이 그라요."

"그랴? 그라믄 오늘은 쉬구랴. 나만 나왔다고 뭐라고 허진 않 것지. 지들도 애는 낳고 살 것인게."

아버지는 우애에게 엄마를 잘 살펴 드리라는 당부를 남기고 는 논으로 나갔다. 아버지가 나간 지 얼마 되지 않아서였다. 마루에 앉아 햇볕을 쬐던 엄마는 갑자기 배를 움켜잡았다.

"아이고 배야! 옴마아아, 으윽 으윽 욱!"

"엄마 괜찮아?"

"으음, 후우우우. 월촌 할매 좀 불러다오. 애가 곧 나올란갑따 아아. 후우우우."

우애는 급히 우남이를 불러 내보내며 다그쳤다.

"얼른 댕겨오니라. 얼른!"

후다닥 뛰어나가는 우남이를 향해 우애는 손을 휘저었다. 월 촌 할매가 오는 것을 기다리는 일 말고 우애가 할 수 있는 일은 아무것도 없었다. 한참 동안 배를 움켜쥐고 아파하던 엄마는 아침밥으로 먹은 보리밥을 다 게워 냈다.

"쌀밥을 먹은 것도 아닌데 다 게워 내면 무슨 힘으로 애를 낳아?"

휘적휘적 급하게 사립문으로 들어온 할매가 엄마를 부축해 방으로 들어서며 타박을 했다. 엄마는 우애를 낳을 때도, 우남이와 막내를 낳을 때도 먹은 것을 다 게워 냈단다. 그러니 이번에도 여지없이 그럴 것을 알고 아침밥을 조금만 먹었건만 소용이 없었다.

우애는 월촌 할매가 시키는 대로 가마솥에 물을 붓고 방이 따뜻해지도록 군불을 지폈다. 아궁이에서 나온 매캐한 연기가 눈으로 들어갔는지 눈물도 나고 콧물도 났다. 훌쩍훌쩍 콧물을 들이키자 옆에 앉아 있던 동생이 물었다.

"언니, 엄마 죽어?"

"아니, 엄마가 왜 죽어?"

"근디 언니는 왜 울어?"

우애는 배시시 웃으며 발그레한 막내 두 볼을 살짝 꼬집었다.

"엄마 안 죽어. 좀 걱정이 돼서 글지."

우애는 막내를 어르면서도 엄마 뱃속에서 발버둥치는 동생이 무사히 나오기만을 빌었다.

부뚜막 위로 가마솥에서 나온 김이 물이 되어 뚝뚝 떨어졌다. 엄마가 아기를 낳으면서 흘리는 땀 같았다. 커다란 바가지로 물을 세 번이나 솥에 부었다.

"으앵! 으앵! 으앵!"

우애가 네 번째 바가지 물을 가마솥에 부으려고 할 때 방에서 아기 울음소리가 났다. 그 소리를 들은 막내가 반짝 몸을 일으켜 세우며 얼굴이 밝아졌다. 우애는 부엌을 나와 토방에 서서 방을 향해 목을 쭈욱 뺐다. 막내도 우애 치맛자락을 잡고 목을 뺐다.

"우애야! 니 남동생이다. 아이코, 니 어매는 재주도 용타. 어떻게 줄을 세운 듯이 딸 아들 딸 아들 잘도 낳는구나!"

"할매! 애기는 건강해요? 어매는요?"

우애가 묻자, 할매는 고개를 끄덕이며 아버지를 찾는 눈치다.

"에효, 마누라가 애를 낳아도 일을 부려먹는구먼. 나쁜 놈들!"

우애는 할매가 시키는 대로 뜨거운 물을 떠서 방 안으로 들여보냈다. 한참 후 방문이 열리고 할매가 마루로 나왔다.

"미역은 있고?"

"아뇨."

"어쩌냐. 미역국을 먹어야 몸이 빨리 좋아지고 애기 멕일 젖도 나오고 그럴턴디."

할매가 쯧쯧 혀를 찼다.

"니 어매는 애 낳느라고 힘들어서 잠들었응게 좀 쉬게 놔둬라."

"예, 살펴 가세요."

우애는 사립문까지 따라 나와 할매가 가시는 고샅을 바라보며 고개를 숙였다. 하지만 미역도 없고 엄마에게 드릴 만한 것이 없으니 큰일이었다. 우애는 그저 속만 태울 뿐이었다. 우애가 어쩔 줄 몰라 하고 있는 사이 우남이가 금줄*을 내걸었다. 어디서 찾아왔는지 외로 꼰 새끼줄 가운데 빠알간 고추가 걸려 있었다. 어느새 탱자나무 울타리가 마당에 긴 그늘을 만들고 있었다. 그때였다.

"니 어매 애 낳았냐?"

사립문에 걸린 금줄을 거칠게 밀치고 불쑥 들어온 건 칠성 아재였다. 그러자 불만이 가득한 목소리로 우남이가 따져 물었다.

"저기 금줄 안 보이요? 아무나 들어오지 말라는 뜻이요. 아재는 것도 몰로요?"

"하따, 느그 어매가 애 한두 번 낳냐? 금줄은 무슨 놈의 금줄. 이거 다 미신인 겨. 시대가 어느 시댄디 이런 걸 다 쳐 놓고는…."

그러더니 칠성 아재가 무언가를 쑤욱 우애 쪽으로 내밀었다.

"받어라. 이건 하시모토 나리가 특별히 하사하시는 거다. 일 등품으로다가 가져온 귀한 거여. 니 어매 끓여 드려라."

"아니, 이걸 왜….."

"왜긴 왜것냐. 빨리 회복허라는 거지."

으르딱딱대는* 칠성 아재 말에 우애는 잠시 망설였다. 하시모 토 하사품이라 하니, 왠지 받으면 안 될 것 같았다.

"싫으냐? 다시 가져가랴?"

"아니, 그 그게 아니고….."

당장 엄마에게 드릴 것이 없었던 우애는 우물우물*하다가 보따리를 받았다.

"글구, 니 아부지 오거든 내 다녀갔다고 일러라. 어매한텐 내일은 일 나와야 헌다고 전하고, 안 그러면 우애 니가 대신 나와야 혀. 알것냐?"

칠성 아재는 말을 끝내기 무섭게 핑 돌아 뚜벅뚜벅 가 버렸다. 멀어져 가는 칠성 아재를 향해 우남이는 종주먹을 대다가 크게 감자를 먹였다. 입으로 뭐라뭐라 쫑알대는 우남이가 싫지 않았다.

칠성 아재가 사라진 후 우애는 부엌으로 들어갔다. 막내도 쪼

르르 뒤따라 들어왔다.

"언니, 그 보따리 속에 든 것이 뭐여?"

"응, 칠성 아재가 주고 갔는디, 엄마 끓여서 드시게 허랴."

"글먼 그거 먹는 거지?"

"응, 그러것지."

"그럼 나도 좀 주라. 아까부터 뱃속에서 자꾸 꼬르륵 소리가 나. 언니도 알제? 뱃속에서 나는 소리는 내 맘대로 안 되는 거."

막내는 어깨를 으쓱했다.

"그럼 그럼, 우리 막내도 줘야지. 맛나게 해서 줄 테니께 조금만 지둘려."

우애는 막내 엉덩이를 토닥였다.

국이 끓어오르자 몽글몽글한 김이 올라왔다. 구수한 냄새가 허기진 뱃속을 파고들었다. 군침이 돌다 못해 아릿한* 현기증마저 일었다. 개다리소반*에 상을 차려 방으로 들어가려는데 아버지가 들어왔다.

"아부지, 엄마가 동생을 낳았구먼요. 사내여요."

"그랴?"

아버지는 반가우면서도 못내 미안함을 감추지 못하는 표정이었다. 우애는 아버지를 따라 방으로 들어갔다. 우남이도 막내도 뒤따라 들어왔다.

"근디 미역은 어디서 났냐?"

국에 만 밥을 두어 숟가락 뜨고 난 엄마가 물었다. 우애는 대답을 못 하고 우남이만 빤히 쳐다봤다. 우남이도 쉽게 대답을 못 하자 아버지가 험험 헛기침을 하더니 말을 이었다.

"듣자 허니, 하시모토 그놈이 애기 난 집에 미역과 소고기를 돌린다는구만."

"아니 뭣 땜시 그런 짓을 한대요?"

"환심을 사려는 게지. 우리 같은 사람들 등골 빼먹고 변을 당할까 봐 겁이 난 게야. 저도 하늘이 무선 줄은 아는 게지!"

"에효, 징한 놈의 세상."

한숨만 푹푹 내쉬는 엄마의 눈치를 살피며 우애가 말했다.

"아부지, 칠성 아재가 어매 내일은 일 나와야 한댔어요. 못 나오면 저더러 대신 나오래요"

"뭐여? 그놈이!"

아버지는 버럭 소리를 질렀다. 깜짝 놀란 막내는 동그란 눈으로 입에 문 밥만 오물거렸다.

다음 날 이른 아침부터 칠성 아재가 찾아왔다. 엄마더러 일하러 나오라는 것이었다. 아버지는 며칠만 더 쉬게 해 달라고 사정을 했지만, 칠성 아재는 딱 잡아뗐다.

"자네도 알다시피 그 들이 좀 넓은가. 그 넓은 들에 모를 다 심 굴라믄 앞으로도 한 달은 더 걸릴 것인디 한 손이 아깝지. 하루 쉬었으면 됐지 얼마나 더 쉬려고!"

"그래도 어떻게 좀 안 되겠는가?"

"하시모토 나리가 알면 내 목이 달아나네. 하루 말미를 주겠 네. 더는 안 되네. 나도 내 입장이란 것이 있지 않것는가!"

칠성 아재는 자기 말만 툭 던져 놓고는 휙 돌아서 가 버렸다. 하루라도 더 쉬게 된 것이 그나마 다행이었다. 엄마는 어제 주 저앉은 게 문제가 되었는지 막내를 낳았을 때처럼 거뜬히 일어 나지 못했다.

하루가 어떻게 지나갔는지 모르게 금방 지나갔다. 아침부터 일 나갈 채비를 하는 엄마 몸이 어쩐지 자꾸 굼떴다.

저런 몸으로 일을 나가야 한다니…. 차라리 엄마 대신 내가 나 가는 것이 낫겠다는 생각을 했다. 젖을 물리던 갓난이를 품에서 내려놓으며 엄마가 말했다.

"한낮에 못 미쳐서 애가 보챌 건 게 그 안에 니가 안고 들로 오 니라, 후우. 그때면 나도 젖이 불 거니께. 니가 좀 애써야것다, 후우우우."

힘이 드는지 엄마는 긴 숨을 내쉬었다. 잠시 숨을 고르더니 수건을 털어 머리에 쓰고는 아버지를 따라나섰다. 아버지가 진 지게 위 발채*에는 점심으로 먹을 주먹밥이 올려져 있었다. 서너 발짝 앞서던 아버지가 뒤를 돌아보았다. 엄마가 자꾸 뒤처지는 것이 걸음걸이가 편치 않은 모양이다.

엄마가 일하러 간 걸 아는지 갓난이는 잠이 들었다.

"응애응애!"

아기 울음소리에 하늘을 올려다보니 어느덧 해가 머리 위에 떠 있었다. 갓난이가 밥때가 된 걸 아는 걸까?

우애는 큰 천으로 갓난이를 싸고 겉싸개로 한 번 더 싸서 안았다. 막내는 우애 치맛자락을 그러쥐었다. 늘 잡아 주던 우애 손이 이제는 그럴 수 없다는 것을 아는 눈치였다.

동네를 벗어나 논길에 접어들었다. 저만치 길가에 노란 민들레가 무덕무덕 피어 있었다. 그 위에 노랑나비 서너 마리가 바람 따라 팔랑팔랑 왔다 갔다 했다.

"나비다."

막내가 우애 옷자락을 놓더니 나비를 좇아 총총총 달려갔다. 한 발 한 발 디딜 때마다 짧게 자른 머리카락이 퐁퐁퐁 솟아올랐다. 우애는 한 손을 들어 이마에 대고 너른 들을 바라보았다.

"워매! 넓은 거. 저 넓은 들에 모는 언제 다 심을꼬."

푸른 빛을 띤 논은 겨우 절반뿐이었다. 모를 심어야 할 논들이 햇살에 반짝거리고 있었다.

써레질을 막 끝낸 논에는 흙탕물이 부옜다. 거친 숨을 몰아쉬며 허연 거품을 문 황소가 무논에 발을 담근 채 논두렁에 난 풀을 뜯고 있었다. 부연 흙탕물이 가라앉은 논에는 맑은 물이 찰랑찰랑했다. 맑은 물 위로 파란 하늘이 그대로 내려와 있었다. 흰 구름도 솜털 구름도 따라 내려왔다. 우애가 한참 그 풍경에 빠져 있는데 워낭소리가 바삐 들려왔다. 저 멀리 못줄 잡은 사람의 구령에 맞춰 사람들이 한 걸음 뒤로 발을 빼고 있었다. 못줄을 잡은 엄마 모습도 보였다. 아버지가 모를 심으면서 엄마를 거들고 있었다.

거기서 조금 떨어진 봇도랑에는 사내아이들이 새우를 잡는지 신발 배를 띄우는지 왁자했다. 더 가까이 다가가자 봇도랑을 벗어나 조금 넓은 길에서 신발 던지기를 하는 아이들의 모습이 한눈에 들어왔다. 바닥에 돌멩이로 선을 긋고 그 선에서 신발을 던져 가장 멀리 던지는 사람이 이기는 놀이였다.

"얘들아! 이번에는 니네가 이겼다. 나중에 새우 잡아서 다 줄 테니께 한 판만 더 허자잉?"

다부진 우남이 목소리가 들려왔다.

"그래, 그러자. 아직 해가 한참인디 뭔 걱정이냐? 한 판이 아니라 열 판이라도 허자."

우남이 말이 끝나자마자 아이들은 다시 신발을 던지기 시작했다. 신발짝들이 자꾸자꾸 늘어 갔다.

다그닥, 다그닥, 다그닥, 다그닥…

멀리서 말발굽 소리가 들려왔다.

더그덕, 더그덕, 더그덕, 더그덕…

말발굽 소리가 점점 커지는가 싶더니 어느새 아이들이 던져 놓은 신발 근처까지 달려오고 있었다. 말 위에는 하시모토가 긴 채찍을 들고 앉아 있었다.

그때 우남이가 다급한 목소리로 소리쳤다.

"얘들아, 신발!"

아이들은 한꺼번에 신발을 향해 내달릴 참이었다. 잘못하면 말하고 부딪칠 것만 같아서 우애는 가슴이 조마조마했다.

'고무신이 밟히면 어떡하지?'

생각하기도 싫었다. 어떻게든 신발을 낚아채서 말이 신발을 밟지 못하도록 해야 했다.

무리 중 한 아이가 먼저 신발을 집어 들고 봇도랑 쪽으로 몸을 피했다. 다른 친구들도 그렇게 해서 신발을 구했다. 그런데 어찌 된 일인지 우남이는 신고 있던 한쪽 신발마저도 신발을 집는 척하다가 달려오는 말발굽 아래 살짝 던져 넣었다.

순간 픽- 하고 말이 기우뚱했다. 안장에 앉아 있던 하시모토는 떨어지지 않으려고 고삐를 바투 잡았다. 그러나 이내 말은 중심을 잃고 비틀거리더니 봇도랑으로 그만 철퍼덕 빠져 버리고 말았다.

"으으으으으욱!"

하시모토는 짧은 비명과 함께 써레질이 끝난 논으로 내리꽂혔다. 이 모습을 지켜보던 칠성 아재가 득달같이 달려왔다.

"아이코, 하시모토 나리님, 괘안허십니까?"

칠성 아재가 버둥대는 하시모토를 잡아당겨 논에서 꺼냈다. 이를 바라보던 사람들이 애써 웃음을 감추고 있었다. 하지만 그중 몇몇 아줌마들은 터져 나오는 웃음을 참지 못하고 쿡쿡거렸다. 아이들은 아이들대로 배를 잡고 깔깔거렸다.

온몸에 흙탕물을 뒤집어쓴 하시모토만 붉으락푸르락 씩씩거렸다. 그리고 그 옆에 또 한 사람이 웃지도 울지도 못한 채 쩔쩔매고 서 있었다.

*징게맹게 : 전라북도 김제와 만경의 넓은 들

*고샅 : 마을의 좁은 골목길

*연초 : 말아 피우거나 대통에 담아서 피우도록 썰어 놓은 담배

*옹송 : 그리다 춥거나 무서워 궁상스럽게 옹그리다.

*무논 : 물이 늘 차 있거나 쉽게 물을 댈 수 있는 논

*하시모토 : 일제 강점기 초기 김제 죽산면 일대에 대형 농장을 소유한 일본인 농
  장주

*임자 : 남편이 아내를 부르는 말

*못줄 : 모를 일정한 간격으로 떼어서 심기 위하여 일정한 거리마다 붉은 표시를
  해 놓은 줄

*모춤 : 보통 서너 움큼씩 묶은 볏모나 모종의 단

*봇도랑 : 물을 끌어들이거나 빠져나가도록 만든 도랑

*금줄 : 부정한 사람이 함부로 드나들지 못하도록 문이나 길 어귀에 건너질러 매는
  줄, 금하는 줄의 의미보다는 한계를 정하는 의미로 쓰인다.

*으르딱딱대다 : 무서운 말이나 행동으로 겁을 먹도록 하다.

*우물우물 : 말이나 행동을 시원스럽게 하지 않고 자꾸 몹시 굼뜨게 하는 모양을
  나타내는 말

*아릿하다 : 찌르는 것처럼 쓰리고 아픈 느낌이 있다.

*개다리소반 : 상다리 모양이 개의 뒷다리처럼 구부러진 작은 밥상

*발채 : 지게에 얹어 짐을 싣는 데 쓰는 소쿠리 모양의 물건

편지 쓰기를 좋아합니다. 스물이 넘어서도 위문편지를 쓰곤 했습니다. 뒤늦게 문예창작을 전공하고 역사에 관심이 있음을 알게 되었습니다. 잘 읽히는 역사동화를 쓰고 싶어 합니다. 쓴 책으로 동시동인지 『참 달콤한 고 녀석』(공저)이 있습니다.

전라북도 김제시는 우리나라에서 유일하게 지평선을 볼 수 있는 지역입니다. 지금은 해마다 10월이면 지평선축제를 여는 곳이기도 합니다.

이렇게 넓은 평야를 가지고 있는 곳이니, 일제 강점기에 쌀 수탈이 많이 있었다는 것은 상상할 수 있겠지요? 그중에서도 저는 '노동력 수탈'에 관한 이야기를 쓰고 싶었습니다. 굶주린 배를 채우기 위해 자존심을 버려가며 마름이 전해주는 음식 재료를 받아야 했던 쓰라린 이야기입니다. 이 동화를 읽고 주권을 잃는다는 것이 얼마나 큰 고통을 안겨주는지를 조금이나마 느낄 수 있었으면 좋겠습니다.

청산리로의
소풍

"오늘은 기필코 고백해야지."

슬그머니 입꼬리가 올라갔다. 현준이가 안 나타나면 오히려 좋은데. 서현이와 한 모둠이 된 건 최고의 행운이었다. 모둠별 학습지 조사를 청산리 대첩으로 정한 건 서현이 때문이기도 했다. 아빠는 청산리 대첩 기념관에 오면 꼭 아빠를 찾아오라고 신신당부를 했다. 아빠 역시 서현이가 궁금하다면서 말이다.

약속 시간이 다가오자 머리를 다듬고 내가 가장 좋아하는 옷도 입었다. 가방에 음식과 여러 안내 책자를 챙기고는 자전거를 끌고 집을 나섰다. 기념관으로 가는 길에는 단풍이 곱게 물들었다. 페달을 밟는 발길이 소풍 가는 날만큼이나 가벼웠다. 신나게 페달을 밟았다.

"야, 준아, 왜 이렇게 늦게 와."

기념관 정문 앞에 있던 현준이가 고래고래 소리를 질렀다. 서현이가 웃으며 손을 흔들었다. 까만 모자를 눌러쓴 서현이는 무척 예뻤다. 나도 까만 모자 쓰고 올걸.

"미안."

자전거를 세우는데 핸드폰이 울렸다. 아빠였다.

"아들, 우리 기념관에서…, 무슨 큰 행사가 있는데…, 혹시 다음에 오면 안 될까?"

"벌써 왔단 말이에요."

"갑자기 일이 잡혀서… 아빠가 안내는 못 해 주겠다."

"알았어요."

내 대답이 끝나기도 전에 아빠는 전화를 끊어버렸다. 오늘 아침 출근하면서도 서현이가 오냐고 물었었다. 그랬던 아빠가 왜 갑자기 다음에 오라고 하는 걸까? 수상한 냄새가 솔솔 풍겼다.

"얘들아, 우리 일단 점심부터 먹자."

"이렇게 추운데 밖에서 먹냐?"

현준이와 서현이가 웃으며 말했다. 아빠에 대한 수상함을 넘기며 친구들과 웃으며 점심을 먹었다. 그런데 먹는 동안에도 나는 아무 생각 없이 서현이만 바라보았다.

'지금 고백할까?'

고백하라는 생각이 계속 들었지만, 입에서 말이 나오지 않았다.

"야, 왜 그러고 있어? 춥냐? 그러게 안에서 먹자니까."

현준이가 얼빠진 얼굴을 하고 있는 나를 툭툭 쳤다.

"응? 어… 아니야…. 다 먹었으면, 우리 기념관도 가 볼래? 우리 아빠가 거기서 일하서."

우리는 자전거를 타고 청산리대첩기념관으로 달렸다. 기념관 입구에는 '내부 점검'이라는 팻말이 놓여 있었다.

"아빠!"

안절부절못하는 듯 보이는 아빠를 발견하고 불렀다.

"준아?"

아빠는 나를 보고는 먼저 달려왔다.

"아빠가 오지 말라고 했잖아… 왜 왔어? 얼른 돌아가. 얼른."

아빠는 긴장된 목소리로 나에게 말했다.

"아빠, 근데 왜 기념관을 점검해요?"

"아까 말해줬잖아."

"아니, 그냥 잠깐만 보면 안 돼요? 서현이가 보고 싶다고 해서

요”

“에잇, 안 된다니까! 오늘은 제발 돌아가라. 아빠가 집에 가서 스테이크 구워줄게. 어서 가거라.”

아빠가 황급히 기념관 안으로 사라졌다. 궁금함을 참고 돌아가는 척했지만 나는 살짝 솔깃했다.

“준아, 무슨 일이야?”

현준이가 물었다.

“아, 몰라. 무슨 비밀이 있는 거 같아.”

서현이가 내 뒤를 보았다.

“준아, 무슨 일인지 보고 올까?”

서현이 눈빛이 탐정처럼 빛났다.

“응? 어떻게? 문이 막혔는데?”

서현이가 기념관 지도를 한번 보고는 다시 고개를 들며 가리켰다.

“저기는 안 막혔는데?”

직원용 출입구였다.

“안 돼. 저기는 항상 잠겨 있어.”

그러자 현준이가 가방을 뒤지기 시작했다.

“야, 나 이거로 문 딸 수 있어.”

현준이가 가방을 뒤지더니 종이 클립을 들어 보였다.

"현준아… 종이 클립은 실제로 문을 못 따…."

"한번 해 봐야지. 재밌을 것 같지 않아?"

조심성 많은 아빠가 위험하다고 하는 것은 무조건 믿어야 한다. 그래서 나는 친구들을 막으려고 애썼다.

"아니, 들어갔다가 무슨 사고라도 나면 어쩌려고? 기념관 문을 닫는 데는 이유가 있을 거 아냐?"

"아, 어쩌라고."

현준이는 막무가내로 날 밀치고 종이 클립을 펴서 자물쇠를 쑤셨다. 곧 정말로 자물쇠가 '철컥' 하며 열렸다.

'아니 이게 되네?'

우리는 주위를 살피며 기념관 안으로 들어갔다. 기념관 안은 조용했다. 그런데 기념관 가운데에는 김좌진 장군 동상이 은은하게 푸른빛으로 빛나고 있었다. 분위기가 으스스했다. 예전에 아빠와 왔을 때랑 너무 달랐다. 나는 현준이와 서현이를 데리고 밖으로 나가려 했지만, 둘 다 직진밖에 모르는 성격이었다. 그때, 갑자기 정문이 열렸고 우리는 김좌진 장군 동상 뒤에 숨었다. 아빠였다. 주위를 두리번거리며 다가오던 아빠가 김좌진 장군 동상의 가슴에다 푸른 열쇠를 꽂고는 이상한 표식 같은 것을 새기고 있었다.

"거기 누구야?"

들킨 듯했다. 서현이와 현준이는 슬금슬금 뒤로 물러나려 했고, 나는 고개를 들고 아빠를 불렀다.

"아빠!"

아빠는 어리둥절한 표정으로 나를 쳐다보았다.

"준아! 분명히 돌아가라고 했는데 어떻게 들어왔어?"

나는 고개를 숙였다. 그런데 그 순간, 동상에서 푸른빛이 강하게 뿜어져 나왔다. 주변에서 중얼중얼 주문 같은 소리가 났고, 동상이 떨리기 시작했다.

"으악!"

현준이의 목소리였다.

"현준아! 서현아!"

현준이가 동상으로 빨려 들어가고 있었다. 김좌진 장군 동상 가슴에 꽂혀 있던 푸른 열쇠가 강하게 빛나기 시작했다. 서현이도 함께 빨려 들어갔다. 나는 무의식적으로 뛰어들어갔다. 우린 푸른빛에 휩싸였다.

"안 돼, 아들! 당장 거기서 나와야 해!"

아빠가 나를 당기며 외쳤다. 하지만 소용없었다. 나는 동상 속

으로 계속 빨려 들어가고 있었다. 그런데, 열쇠에서 빛나는 마법의 방패 같은 빛이 나오더니 기념관 안 모두를 빨아들이기 시작했다.

"으악!"

곧 뭔지 모를 공간에 떠다니고 있었다. 아빠는 보이지 않았고, 현준이와 서현이는 전부 정신을 잃은 채 가운데에 빛나는 구 모양을 향해 천천히 가고 있었다. 점점 정신이 희미해졌고, 나는 정신을 잃었다.

"으으으."

정신을 차려보니 어느 야트막한 나뭇가지에 걸려 있었다. 머리가 깨질 듯이 아팠다. 비틀대며 나무에서 떨어지듯 내려왔다. 사방에서 총알이 날아들고 폭발이 일어났다. 흙먼지가 날려 눈앞이 어지러웠다. 나무에 기대어 주저앉았는데, 곧 익숙한 목소리가 들렸다.

"준아! 준아!"

현준이와 서현이가 나를 알아보고 뛰어왔다.

"뭐야…, 여기 어디야?"

"몰라! 일단 숨어!"

우리는 나무 옆에 있던 작은 굴에 들어가 나뭇잎으로 입구를 가렸다.

우리는 싸움이 멈출 때까지 한참을 숨죽이며 웅크리고 있었다. 곧 총소리와 굉음이 그쳤고, 우리는 나뭇잎을 거두고 굴 밖으로 나왔다.

"너희는 누구냐?"

낯선 사내들이 총을 겨누며 다가왔다. 총구에서 총알이 튀어나올 것 같았다. 서현이가 내 옆으로 바싹 다가왔다. 나는 떨고 있는 서현이 손을 꼭 잡았다. 현준이가 왼손을 잡을까 봐 슬쩍 보니, 현준이는 동상처럼 굳어있었다.

"저기요? 여기가 어디예요? 무슨 쇼를 하고 있는 거예요?"

"소? 쇼? 별 이상한 오랑캐 말을 다하는구나. 너희는 일본의 앞잡이가 틀림없어!"

"아니에요. 우리는 대한민국 사람이에요."

아무리 말해도 사내들은 믿어주지 않았다. 어쩔 수 없이 우리는 사내들을 따라 산을 올랐다. 산 위에 도착하니 꽤 **빽빽**한 진지가 있었다. 마을 아낙네들로 보이는 여자들이 치마폭에 밥을 싸서 군인들에게 전달하고 있었다.

"야, 준! 여기 네가 맨날 그리던 청산리랑 비슷하지 않아?"

"그러게?"

우리는 군대 막사처럼 보이는 곳으로 끌려왔다. 그곳엔 뾰족한 콧수염과 검은 우샨카*를 쓴 남자가 아빠와 닮은 사람과 대화를 하고 있었다.

"아빠?"

아빠를 닮은 사람은 몸을 휙 돌리더니 나와 눈이 마주쳤다. 아빠를 닮은 게 아니라 진짜 아빠였다.

"너희들 여기 어떻게 있는 거야? 분명 너희를 현재 세계로 돌아갈 수 있도록 퀀텀 루프를 돌렸는데…, 오작동이었나 보군."

"아빠야말로 왜 여기 있어요? 여기는 어디에요? 저 사람은 김좌진 장군 아니에요?"

나는 상황 파악이 어려워서 여러 질문을 동시에 했다. 아빠도 어리둥절한지 일단 나와 서현이, 현준이를 데리고 막사 밖으로 나왔다. 아빠는 우리를 작은 해치가 있는 지하벙커로 데리고 갔다. 지하벙커의 문을 열고 들어가니 아까 스치며 보았던 일본군이 사용하던 무기랑 각종 장비가 있었다. 아빠는 한쪽 무릎을 꿇고 내 어깨를 잡더니,

"아들, 사실은… 사실 나는… 라이덴 군대의 비밀 요원이야."

나와 현준이, 서현이는 서로 눈을 마주쳤다.

"아빠 농담하시는 거죠? 아빠는 군대를 다녀오지도 않았잖아요."

"아니! 농담이 아니야. 난 사실, 우리의 역사를 지키는 군인이야. 지금, 일본이 청산리 대첩을 자신의 승리로 바꾸려고 해. 아리사카 니가무시, 일명 '키라'라는 일본인이 타임머신을 개발했어. 일본은 그 타임머신을 이용해 1920년 우리가 승리했던 청산리 대첩을 왜곡하려 하고 있어. 이해되니?"

"아니요."

"하아… 요약해 줄게. 일본군이 타임머신을 만들었고, 우리나라를 공격했고, 나는 그 '키라'라는 사람을 막으러 온 요원이야. 이제 이해되니?"

나는 여전히 혼란스러웠지만 이해한 척 고개를 끄덕였다.

"시간이 별로 없다. 난 키라를 막아야 하니까, 너는 친구들과 여기서 꼼짝 말고 기다려."

아빠는 우리를 지하벙커에 남겨놓고 나갔다.

"준아, 너희 아빠, 평소랑 완전 달라 보여."

"그러니까. 너랑 있을 때는 늘 책만 보시는 줄 알았는데, 이제 보니 완전 멋있어!"

서현이의 말에 머리가 더 혼란스러워졌다.

"안 되겠어. 우리도 밖으로 나가자. 아빠가 한 말이 사실인지 확인해 봐야겠어!"

현준이는 아까 사용한 종이 클립을 다시 꺼냈다.

"문은 내게 맡겨 달라구!"

현준이는 또 현란한 손놀림으로 지하벙커의 잠긴 문을 열었다. 그런데, 김좌진 장군의 진지 코앞까지 일본군이 보였다.

"준, 근데, 청산리 전투에서 우리가 이기지 않았냐? 그것도 기습으로 끝까지 우세하게."

"그렇지?"

"하지만 저 일본군은 오히려 우리 쪽으로 밀고 들어오고 있던데? 그리고 너희 아빠가 지하벙커에 가지고 있던 물건과 비슷한 물건들도 많이 가지고 있었어!"

서현이 말에 나는 잠시 잠깐 생각에 빠졌다.

'청산리 전투에서 독립군과 유일하게 맞선 27기마연대는…, 일본군 대부대의 반격이 있으리라 생각한 김좌진이 부대원을 어랑촌 부근의 고지로 이동시켜, 오전 9시부터 포위 공격해 오는 일본군을 막아냈는데….'

한평생을 청산리 대첩 기념관과 살아왔던 나의 두뇌가 가동되었다.

'그럼 지금 공격하는 저 사람들은 누구지?'

그때 총알이 귀를 스쳤다.

'이크!'

현준이와 나는 재빨리 바닥에 엎드렸다. 말발굽과 군화 소리가 사방에 울려 퍼지고 있었다. 나는 엉금엉금 기어가 바닥에 쓰러져 있던 일본군의 옷을 살폈다.

'37'

"야, 준아, 서현이 못 봤어?"

"서현이? 아까 지하벙커에서 네가 데리고 나온 게 아니었어?"

"네가 데리고 온 게 아니었어?"

우리는 엎드린 채 서로를 바라봤다.

"야, 이 멍청아!"

"서현아?"

"왜?"

"없어진 게 아니었어?"

"계속 네가 내 손 잡고 있었는데?"

정적이 흘렀다.

"분위기가 왜 이래?"

현준이가 갑자기 말한 덕에 내가 뭘 말하려고 했는지 생각났

다.

"아, 맞다. 이 군인, 옷에 '37'이라고 적혀 있어."

현준이와 서현이는 어리둥절한 표정으로 나를 쳐다봤다.

"그래서?"

"청산리 대첩에서 우리를 공격했던 적은 27기마연대였어. 그런데 '37'은 청산리에서 제대로 싸우지도 못하고 당했던 '일본군 동지대 37여단'이야. 그런데 이렇게까지 우리 본진까지 밀고 들어온 걸 보면….”

콰앙!

포탄이 날아들었다. 곧이어 사방에서 총알이 빗발쳤다.

"적의 포격이다!"

'말도 안 돼…. 본진을 어떻게 찾은 거지? 어떻게 우리를 포격하는 거야?'

폭발과 굉음 때문에 집중이 어려웠다.

'이건 결국에…, 아빠 말이 맞았던 거야.'

"얘들아! 빨리 아빠를 찾으러 가야 해!"

"뭐? 왜? 지금은 아무 것도 못 해!"

나는 포격 속에서 풀숲을 기어 친구들 옆으로 갔다.

"아빠 말이 맞았어! 아빠는 정말 라이덴 부대의 비밀 요원이고, 일본이 지금 우리 역사를 바꾸려고 청산리 대첩을 자기들한테 유리하게 만들고 있는 거야!"

곧 포격이 멈췄고, 골짜기 아래에서 함성 소리가 들렸다.

"어?"

골짜기 밑에 누군가 포박되어 있었다. 아빠였다.

"아빠!"

벌떡 일어나 골짜기 아래로 뛰어가려던 찰나, 누군가 뒤에서 흙투성이가 된 내 옷을 잡았다.

"아직은 안 된다, 얘야."

김좌진 장군이었다. 장군님 주위에는 우리 쪽 군사들이 많았다. 김좌진 장군은 망원경으로 아빠가 있는 위치를 유심히 보았다. 현준이도 주머니에서 작은 망원경을 꺼냈다.

"현준이는 주머니가 요술 주머니야? 별 게 다 들어 있네?"

서현이가 망원경을 살피며 말했다. 난 망원경으로 아빠가 있는 곳을 살폈다.

"아빠 옆에 있는 사람이 아빠가 말한 '키라'라는 사람인 것 같아."

그때 김좌진 장군이 소리쳤다.

"공격하라!"

우리 군은 골짜기 위에서 일제히 사격을 가했고, 나와 서현이와 현준이는 재빨리 산 아래로 내려갔다.

"엇? 준아! 여기 무슨 열쇠 같은 게 있는데?"

서현이 말대로, 풀 사이에 푸른빛이 나는 열쇠가 있었다.

"이거 우리 여기로 들어올 때, 김좌진 장군님 동상 가슴에 꽂혀 있던 거 아냐? 중요할 것 같으니 가져가자."

서현이는 열쇠를 주머니에 넣고 골짜기 아래로 향했다. 김좌진 장군이 이끄는 우리 군인들이 맞서 싸웠으나, 최첨단 무기로 무장한 일본군을 당해내기엔 역부족이었다. 나는 친구들을 데리고 천천히 비탈길을 내려갔다.

"아빠!"

나는 포박당한 아빠를 조용히 불렀다. 나와 눈이 마주친 아빠는 손으로 뭔가 표현했다. 무슨 뜻인지 몰라 눈을 찌푸리는데, 아빠 말을 알아들은 듯한 현준이가 아까 기념관 문을 열고 지하 벙커 문을 땄던 종이 클립을 아빠에게 던져주었다. 클립을 받아든 아빠는 그것으로 손을 묶고 있던 자물쇠를 풀었다. 그리고 옷에 달린 단추 하나를 떼어 던지니 사방으로 레이저가 발사되었다. 이윽고 일본군들은 모두 제압되었다.

"이제 집에 가자. 적군도 지금은 공격 못 할 테니, 어서."

아빠는 주머니에서 꺼낸 특이한 USB를 보여 주었다.

"키라의 데이터도 전부 가져왔으니, 이제 우리가 이긴 거야!"

아빠는 씩 웃으며 시계를 쳐다봤다.

"이런, 늦었어! 빨리, 얘들아, 빨리 가야 해!"

"왜 그래요, 아빠?"

"내가 말하지 않았던가? 지금 우리가 타고 온 타임머신에는 시간제한이 있어. 빨리 돌아가지 않으면, 우리는 과거와 현재의 육체가 너무 떨어져서 온몸이 산산조각 날 거야!"

그 말에 나와 친구들은 전속력으로 뛰어 지하벙커로 돌아왔다. 우리 모두 숨이 턱까지 차올랐다. 아빠는 숨을 헐떡이며 다시 시계를 보았다.

"어? 얘들아 이 시계가 좀 빠르네? 아직 1시간 남았었어."

"아, 아빠!"

"아저씨!"

서로 웃고 있을 때, 지하 벙커 문이 열렸다. 김좌진 장군이었다.

"이제 돌아가는 건가?"

아빠는 묵묵히 고개를 끄덕이고는 장군님 손에 무언가를 쥐어 주었다.

"앞으로 적의 공격은 딱 한 번만 더 올 것입니다. 그때 이걸 사용하면, 반드시 이길 테니, 꼭 잘 간직하십시오."

"천군, 고맙네. 역사의 시간은 과거와 현재와 미래가 이어져 있었네. 난 과거의 시간을 잘 지킬 테니, 자네들은 현재와 미래를 잘 지켜주게나."

김좌진 장군이 우리와 아빠를 차례차례 안아주었다.

김좌진 장군과 악수를 나누다니, 인증샷도 찍고 싶었지만 핸드폰이 없었다. 김좌진 장군이 아빠를 천군이라고 부르다니 아빠가 너무 자랑스러웠다. 아빠가 다시 기계를 작동시키려는데….

"엇, 아빠!"

갑자기 아빠 뒤에서 일본군 병사가 괴성을 지르며 손에 폭탄을 든 채 아빠한테 달려들었다. 나는 본능적으로 아빠한테 뛰어가 바닥에 있던 나뭇가지를 재빨리 걷어차 달려들던 일본군을 명중시켰다. 제대로 맞았는지 맞자마자 쓰러졌다.

"이 녀석은 누구죠?"

"생포한 일본군 포로인데 몰래 자폭하려고 한 것 같다."

"해치웠나?"

라는 말이 절로 나왔다. 그런데 문득 드는 생각.

'아차. 이 말 하면 죽던데.'

아빠 말이 끝나기 무섭게 쓰러진 일본군이 폭탄을 툭 찼다. 그 순간 폭탄이 서현이를 향해 굴러갔다. 나는 몸을 급선회하여 서현이에게 뛰어갔다.

"콰앙!"

엄청난 폭발과 함께 나는 뒤로 날아갔다. 정신이 흐릿해지기 시작했다.

"준아, 준아!"

어디선가 목소리가 들렸다. 아빠였다.

"으, 아빠….."

"아들 괜찮아? 다친 데 없어?"

"준아, 괜찮아? 아까 너 720도 백플립하면서 날아가던데."

현준이의 목소리도 들렸다.

"농담할 기분 아니거든….."

나는 일어나서 서현이를 찾았다.

"서현아? 괜찮아?"

"준아, 고마워… 덕분에 살았어."

나는 얼굴이 또 빨개지는 듯했다. 서현이도 눈치챘는지 고개를 숙였다. 갑자기 발동한 아드레날린이 몸을 발딱 일으켜 주었다. 딱히 한 건 없지만 나는 내가 자랑스러웠다.

"자, 이제 진짜로 돌아가자."

아빠는 다시 기계를 작동시켰다.

"어?"

아빠는 주머니를 뒤지며 뭔가 사라진 듯 어리둥절하게 있었다.

"너희 혹시 열쇠 못 봤니?"

"혹시 이거요?"

서현이가 주머니에서 푸른빛이 나는 열쇠를 꺼냈다.

"휴우… 다행이다. 아까 잡혔을 때 뭔가 사라진 것 같더니, 다행이네, 다행이야."

아빠는 열쇠를 건네받아 기계를 다시 작동시켰다. 올 때처럼 밝은 푸른빛이 지하벙커를 감쌌고, '파앙' 엄청난 불빛이 우리를 반겼다. 우리는 올 때처럼 정신을 잃었다. 정신을 차리니 바닥이 차가웠다.

"아들, 일어나!"

아빠는 나한테 심폐소생술을 하고 있었다.

"아, 아빠… 그만… 그러다 저 죽어요."

"휴우… 난 네가 죽은 줄 알았잖아!"

"저도 그런 줄 알았어요. 친구들은요?"

"응? 현준이랑 서현이는 내가 이미 집으로 보냈어."

"네?"

"응? 걔네 집에 갔다고."

맞다, 내 고백. 패닉에 빠진 나는 벌떡 일어났다.

"아… 안 돼!"

"왜 그래, 아들?"

"아빠 때문에 고백을 못 했잖아요! 서현이한테 고백할 기회가 얼마나 많았는데!"

"뭐? 누구한테? 서현이한테? 안되지, 안 돼. 아빠가 무조건 키 크고 예쁜 여자애 만나라 그랬잖아!"

"아 아빠! 애초에 서현이가 없었으면….'

내 대답에 아빠가 큰 소리로 웃었다. 아빠가 왜 역사를 지키는 군인이 되었는지 물어보려다 말았다. 그렇게 여전히 혼자로 살게 된 나는 아빠와 웃으며 집으로 함께 걸어갔다.

*우샨카(ushanka) : 귀 덮개가 달린 러시아식 털모자.

현재 불당중학교 1학년 학생입니다. 어릴 적부터 그림 그리기, 책 읽기, 글쓰기를 좋아했습니다. 초등학교 때에는 『전쟁의 인물』이라는 그림책을 만들어 미술학원 졸업전시에 참여하고, 각종 독후감대회, 삼행시대회에서 수상했습니다. 2020년에는 '이충일효(二忠一孝)'라는 가유약 장군의 3대에 걸친 충효정신을 기리는 제11회 백일장에서 『균과 함께』라는 작품으로 수상하기도 했습니다. 지금은 시간을 주제로 다양한 판타지가 펼쳐지는 소설을 집필 중입니다.

청산리 전투는 일제 강점기에서 가장 위대한 승리라고 볼 수 있다. 왜? 규모에서. 세상에, 고작 몇 천 명으로 수만 명의 일본군을 몰살시킬 수 있다는 게 꿈이 아니면 뭐라고 생각하냔 말이다. 이걸로도 부족하다면 책을 읽어봐라, 내가 생각하는 청산리 전투의 승리를 위한 진짜 이유가 뭔지. 솔직히 말하면, 작가의 말을 쓰는 게 책 쓰는 것보다 힘들게 느껴진다. 왜? 나는 이 글을 쓰라고 해서 썼는데, 이런 식으로 출판될 줄도 몰랐고, 나 아닌 다른 사람이 볼 거라고도 전혀 몰랐다. 그런데 이게 좋은 걸까, 나쁜 걸까? 내 책이 누군가에게 즐거움을 줄 수 있다면? 솔직히 그거면 될 것 같다. 나 같은 중학생에겐 놀고 웃고 즐거운 게 좋으니까.

오빠 생각

"아야, 니 서방이 왔시야."

철이 어매가 빨래터를 향해 뛰어오며 소리쳤다.

"야아? 참말요?"

"그려. 언능 가 봐라잉."

"참말이당가? 우짜지? 언능 가야 허는디. 도련님, 업히시오이."

이순이는 하다 만 빨래를 광주리에 대충 넣고는 도련님 엉덩이를 받쳐 업었다. 네 살 성재 도련님이 아앙아앙 울어 댔다. 그래도 멈출 수가 없었다. 도련님 엉덩이를 치켜올리는 순간, 성재 도련님이 쪽비녀를 확 뽑아 버렸다.

'이제는 손도 안 대던 비녀였는데… 하필 오늘 같은 날 뽑을 게 뭐람.'

다시 비녀를 꽂을 겨를도 없었다. 징용으로 끌려갔던 오빠가 돌아왔다는데 어떻게 멈출 수가 있을까. 서방을 오빠라고 부른다고 수근대는 사람들도 있었지만 도무지 입에서 서방님 소리가 나오지 않았다. 오빠든 서방님이든 어쨌든 돌아왔다는 게 중요했다. 이순이는 성재 도련님 엉덩이를 한 번 더 힘껏 받쳐 업고는 다시 집을 향해 뛰기 시작했다.

골짜기마다 진달래가 흐드러졌다.

"내일은 이 애비랑 같이 장에 가자꾸나."

장에 데려간다는 말이 어찌나 설레던지 이순이는 밤새 한숨도 못 잤다. 엄마도 덩달아 설렜던 걸까. 엄마 눈도 많이 부어 있었다.

"이리 오니라."

평소보다 이른 아침상을 물리자마자 엄마가 빗을 들고 이순이를 불렀다.

"집 생각일랑은 잊고 맛난 거 먹고 잘 댕겨오니라."

이순이는 머리를 빗는 엄마의 손길이 다른 날과는 다르다고 생각했다. 얼른 빗어야 장에 갈 텐데도 엄마는 이순이 머리를 빗고 또 빗고만 있었다.

"경순이는 잘 있을라는지….."

머리를 빗다가 말고 먼 산을 바라보던 엄마가 말했다. 이순이보다 두 살 많은 경순 언니가 순사에게 끌려간 것은 지난 겨울이었다. 항아리에 숨었던 이순이는 간신히 살았지만 경순 언니는 어찌 피해 볼 새도 없었다. 나라를 위해 일하는 곳이라고만 했지, 어느 곳에서 무슨 일을 하는지는 알려 주지 않았다.

"잘 있을 거여. 엄니가 그랬자녀. 언니는 바지런해서 이쁨받을 거라고. 내도 그렇게 생각혀."

엄마는 '암만암만' 그러면서도 이순이 머리만 매만졌다.

"장에 가서 아부지헌테 맛난 거 사 달라 허께. 동생들에게도 갖다 줄 거여."

일부러 밝은 얼굴로 엄마에게 말했다. 엄마는 이순이의 버짐 핀 얼굴을 쓰다듬었다. 손바닥이 거칠었지만 엄마 손은 늘 따뜻했다.

"금방 댕겨올 건디 엄니는 왜 울고 그랴. 경순 언니가 생각나서 그랴?"

"아녀. 건강히 댕겨오니라."

"이순아, 늦었다. 빨리 서둘러라."

벌써 사립문을 나서는 아버지가 이순이를 보챘다. 이순이도 부리나케 고무신을 신고 아버지를 따라 나섰다. 자기도 데려가 달라며 심술이 난 동생과 엄마 등에 업혀 신나게 손을 흔드는 막내가 이순이를 배웅했다.

반나절 넘게 걷고 걸어 도착한 곳은 장터가 아닌 송목골이라는 곳이었다. 산으로 올라가지만 않았지 이순이가 살던 산골 집과 비슷했다. 경순 언니 또래로 보이는 남자와 그의 엄마인 듯한 사람이 이순이와 아버지를 맞이했다.

"인자부터 니 서방인겨."

아버지가 이순이와 남자 사이에 물 한 사발이 올라간 소반을 올려 놓으며 말했다. 시집이라니, 말도 안 되었다. 정작 이순이만 모르고 다른 사람들은 이미 알고 있는 눈치였다.

"집으로 갈 거여. 장 구경하고 싶댔지 시집 오고 싶댔어? 아부지, 지도 데려가요. 응?"

"집보단 여그가 나을껴. 여그선 끼니는 거르지 않는다니께. 인자부터 니 서방이 나 대신인겨. 알아들겄냐?"

"엄니는 내가 올 줄 알 턴디요. 동생들도 기다리고 있구만요. 아부지."

"다른 뾰족한 수가 없응께. 니를 경순이처럼 순사에게 뺏기기는 싫어야. 엄니랑 그렇게 결정한 일이여. 느그 엄니 생각해서 잘 살아야 혀."

아버지는 이순이 손을 매정하게 뿌리치고는 서둘러 자리를 떠났다. 이순이가 떠나올 때 엄마 눈이 왜 퉁퉁 부었는지 이제야 알게 됐다. 하지만 더 이상 소용이 없었다. 아무것도 모른 채 장터 구경할 생각에 들떠 멍충이처럼 웃으면서 아버지를 따라왔던 자신이 미웠다.

"내가 두 살 많으니께 그냥 편하게 오빠라고 불러야. 서방님은 나도 좀 그랴."

"……"

우리 집 누렁이 같이 생긴 남자가 조심스레 말했다.

아버지가 떠나고 혼자 남게 된 이곳에서는 모든 것이 낯설기만 했다. 오빠는 찬찬히 보니 처음 봤을 때보다 더 까무잡잡하고 둥굴둥굴 했다.

"여그가 뒷간이고, 저그가 우물이여."

투박한 외모와는 다르게 세심하게 챙겨 주는 오빠가 그렇게 싫지는 않았다. 또 오빠라고 부르라고 해 주는 것도 고마웠다.

첫날 저녁은 물 같은 죽을 먹었다. 여기도 이순이가 살던 집과

별반 다르지 않았다. 식구들이 한 방에서 같이 잠을 잤다. 둘만 자면 어떡하나 걱정했는데, 그나마 다행이라고 생각했다.

이순이 옆에 오빠가 누웠다. 너무 어색해서 잠이 오지 않아 뒤척거렸다.

"잠이 안 오재? 나가 옛날 야그 해 줄까?"

이순이가 고개를 끄덕였다. 밤하늘의 별 이야기, 산골 호랑이 이야기, 송목골 전설을 들려주는 오빠 목소리는 낮았지만 다정하게 느껴졌다. '목소리가 참 좋구먼.' 생각하다가 까무룩 그만 잠이 들고 말았다.

다음 날 아침. 일찍 눈을 떴으나 오빠가 보이지 않았다. 이순이가 해야 할 일은 세 살 도련님을 돌보는 일이었다. 시어머니가 동네 허드렛일을 해 주고 품삯을 받아오기는 했지만 턱없이 부족해서, 오빠가 마름 댁 농사를 거들어서 보탠다고 했다. 이순이는 성재 도련님을 업어 주기도 하고, 이리저리 마을 구경도 다니면서 시간을 보냈다.

하루 종일 칭얼대던 성재 도련님이 잠들고 나서야 집으로 돌아와 잠깐 잠이 들었다. 부엌에서 달그락거리는 소리에 잠이 깨니 이미 날이 어둑해진 뒤였다. 이장 댁 밭을 매 주고 보리 한 주먹을 얻어 온 시어머니가 저녁을 짓고 있었다.

저녁밥이 다 지어질 무렵 돌아온 오빠 손에 비녀 하나가 들려 있었다.

"인자부터는 혼인을 했응께 비녀를 꽂아야 혀. 손재주가 없어서 못나게 맹글었어야. 담엔 더 이쁜 옥비녀로 사다 줄게."

오빠는 나무로 깎은 투박한 비녀를 이순이에게 건넸다.

"이쁘구먼요."

비녀를 받아든 이순이 얼굴이 발그레해졌다. 태어나 처음으로 받아보는 선물이었다.

"반말로 혀. 쑥쓰럽구먼. 나중에 장에도 데리고 갈께…."

"참말이여? 고마워…, 오빠…. 비녀두 매일 허고 댕길께."

"누가 들으면 으짤라구 오빠라고 그러냐? 인자 서방님이라고 부르랑께."

저녁 밥상을 들고 들어온 시어머니가 핀잔을 했다.

"뭐가 그라고 급하다요. 이순이가 부르고 싶은 대로 놔두쑈."

"처라고 편들기는. 그려도 밖에서는 서방님이라고 혀. 알아들었냐?"

"야아."

대답은 그렇게 했어도 이순이에게는 늘 오빠였다. 그 뒤로 오빠는 가끔 성재 도련님을 대신 업어 주기도 하고, 산에 갔다가 오면서 산딸기를 따다 주기도 했다. 투박한 손으로 어찌나 조심히 가져왔는지 성한 게 꽤 많았다. 오빠는 그걸 건네주며 누렁이처럼 또 그렇게 씨익 웃곤 했다.

시간이 흐르고 점점 송목골 생활도 익숙해져 가고 있었다. 하지만 여전히 엄마도 생각나고 동생들도 생각났다. 장터에 가자고 속이고 시집을 보낸 아버지에 대한 미움도 아직은 여전했다.

그 마음을 아는지 모르는지 시어머니는 아침마다 비녀를 꽂아 주었다. 그때마다 '맞아. 난 혼인을 했지.' 하며 오빠 각시인 것을 깨닫곤 했다.

"부모님을 너무 원망허지 말어. 니가 크면 알 것이여. 어미들 마음은 다 똑같어."

시어머니의 말에 가끔 시어머니가 엄마 같다는 생각이 들었다.

반딧불이 환하게 비추던 늦여름 밤이었다. 시어머니는 고단했는지 성재 도련님과 일찍 잠이 들었다. 이순이는 오빠 이야기에 잠들지 못하고 있었다.

"지금 이 집안 가장이 나니께, 신경을 좀 못 써 줘도 이해혀."

"지두 알아요. 내가 뭐 어린앤 줄 아는 감?"

"그려. 장허다."

오빠가 자신을 어린애로만 대하는 것 같아 이순이는 기분이 좋지 않았지만 내심 든든했다.

"소문으로는 전쟁이 심하디야. 일본 놈들이 나이가 어려도 징용으로 끌고 갈라고 혈안이랴. 아부지도 징용으로 끌려가서 소식도 없으시니, 내꺼정 그리 될까 봐 엄니 걱정이 태산이여. 혹시 오빠가 없어도 엄니랑 잘 지내야 혀."

입을 삐죽이던 이순이는 화들짝 놀랐다.

"오빠를? 순사가 왜 잡아가는 거여?"

한숨을 깊게 쉬던 오빠가 그냥 웃었다.

'그런 일이 없었으면 좋겠는디.'

이순이는 오빠 얼굴을 뚫어져라 처다보았다. 그걸 느꼈는지 귀까지 빨개진 오빠도 이순이를 바라보았다. 오빠 얼굴을 바라보는 이순이 얼굴이 등잔 불빛보다 더 불그레해졌다.

맴맴맴맴 매앰매앰매앰.

아침부터 매미가 울어 댔다. 여느 때보다 더 시끄럽고 긴 울음 소리였다.

"순사들이 남자들을 끌고 간다고 동네마다 난리랑께. 안 되겄다. 뒷산 거 뭐여. 산신각 있지야. 거 가서 숨어 있어야."

아침 일찍 이웃 동네에 일하러 갔던 시어머니가 헐레벌떡 돌

아오며 말했다. 얼마나 뛰어왔는지 숨을 헐떡거렸다.

"지도 들었는디 여까지 올라면 아직 멀었구만요. 낼 갈께요. 곧 있으면 어둑해질라는디."

"안 돼야, 엊저녁 꿈자리가 뒤숭숭했당께. 니 아부지 끌려가던 날도 그렸어. 언녕 올라 가그라. 집 걱정일랑은 말고, 어여어여."

시어머니 성화에 오빠는 결국 자리를 털고 일어나 나설 채비를 했다.

"며칠은 있어야 혀. 나댕기지 말고 산신각 안에 콕 박혀 있어야 한다잉."

시어머니의 당부가 끝나기 무섭게 이순이는 저녁으로 먹을 강냉이를 면 보자기에 둘둘 말아 오빠 손에 쥐어 주었다.

"순사가 돌아가고 나믄 문 열어 주러 올라갈 팅께요."

'오빠에게도 숨을 항아리가 있었으면 좋았을 걸.' 하고 생각했다. 오빠는 걱정하지 말라는 듯 이순이 손을 한번 토닥여 주는가 싶더니 그새 어두워진 산으로 잽싸게 뛰어 올라갔다.

순사들이 들이닥친 건 오빠가 산으로 올라간 다음 날, 날이 새기도 전이었다. 잠귀 밝은 어머니가 벌떡 일어났다. 잠결에 이순이 옆으로 성재 도련님을 미뤄 놓는 게 느껴졌다. 기침 소리

하나 없이 벌컥 방문을 열고 들이닥친 순사들은 이불을 걷어 내고 잠에서 막 깬 이순이와 성재 도련님을 바라봤다.

"아이고, 시상에 이게 뭔 일이다요? 신발도 안 벗고 어디 시상에 이런 법이 있다요. 여긴 우리밖에 없소."

"빠가야로."

순사가 시어머니를 확 밀쳤다. 시어머니는 쓰러졌다가 이내 일어나서 성재 도련님과 이순이 앞을 가로막아 섰다. 순사들은 아랑곳하지 않고 반닫이 장 문짝을 열어젖혔다.

"아들이 있는 걸 알고 왔다. 어디로 빼돌렸나?"

"없소. 없소. 아랑 처만 남겨 두고 집 떠난 지 오래요."

순사가 이순이를 빤히 쳐다보자 놀란 성재 도련님이 울기 시작했다.

"빠가야로!"

성재 도련님 울음소리가 쉽사리 그치지 않았다. 그러자 순사들은 이맛살을 찌푸리다가 이순이를 밀쳐 내며 방을 나갔다. 이순이는 넘어졌다가 벌떡 일어나 성재 도련님을 들쳐 업었다. 성재 도련님은 언제 그랬냐는 듯 이내 울음을 그쳤다. 순사가 떠난 것을 보고는 시어머니는 풀썩 주저앉고 말았다.

아침을 먹는 둥 마는 둥 했다. 시어머니는 서둘러 이순이 머리에 쪽 비녀를 꽂아 주었다. 다른 날보다도 더 잘 보이라고 야무지게 말아서 꽂았다.

"오늘일랑은 성재를 업지 말아야. 비녀를 뽑을 수 있으니께. 그라고 뭔 소리가 들려도 널랑은 집에 콕 박혀 있어야 혀. 산은 바라보지도 말고. 알아들었냐?"

시어머니는 이순이에게 단단히 일러두고는 잰걸음으로 철이 어매 집으로 갔다. 이순이도 오빠가 잘 있는지 궁금했지만 가볼 수는 없었다.

"오빠 알지야. 잽싼 거? 잘 있다가 올거니께 걱정 말고 있어. 성재 잘 업고 다니고, 누가 물으면 성재가 니 아이라고 해. 알겠지야?"

이순이는 산으로 올라가기 전에 오빠가 했던 말을 떠올렸다.

'암요, 지는 오빠가 얼마나 빠른지 알지요. 장날에도 금방 댕겨오는 거 알다마다요.'

이순이는 다짐하듯이 두 손을 꼭 쥐었다.

시어머니가 나가고 얼마 되지 않아 당산나무 쪽에서 큰 소리가 나기 시작했다. 시어머니가 무슨 소리가 나도 내다보지 말라고 했지만, 도저히 궁금해서 참을 수가 없었다. 이순이는 기어이 성재 도련님을 업고 당산나무까지 나왔다.

말을 탄 순사가 새끼줄에 묶인 청년 몇을 끌고 가고 있었다.

"오빠?"

그곳에 오빠가 있었다. 오빠라고 부르면 안 되는데도 오빠라는 말이 입 밖으로 새어 나오고 말았다. 좀 더 가까이 가면 오빠를 볼 수 있을 것 같았다. 여기저기에서 아낙들이 울어댔다. 그 아낙들 사이에 악을 쓰며 순사에게 매달리고 있던 시어머니가 눈에 들어왔다.

"냄편도 델고 가고, 아덜도 델고 가면 지는 어떻게 산당가요. 아이고. 지발 이렇게 빌게요. 선상님."

"천황 폐하를 위해 일할 영광을 무시하고 도망가다니 총살당하지 않는 걸 다행으로 여겨라."

순간 오빠가 이순이를 보았다. 오빠 얼굴이 험상궂게 변하더니 '어여 집에 가!'라고 눈으로 말하고 있었다. 조금만 더 가까이 가고 싶었다. 언니처럼 오빠도 볼 수 없게 될까 봐 이순이는 겁이 났다. 그때 일본 순사가 이순이를 쳐다보았다. 순사 한 명이 이순이 쪽으로 걸어왔다. 이것을 지켜보던 시어머니가 서둘러 순사 바짓가랑이를 붙잡았다.

"며느리여라. 머리에 쪽진 거 안보이요. 서방이 잡혀가니 나와 봤는 게라. 아야, 성재 아픈디 어여 들어가라잉—."

이순이는 겁에 질려 꼼짝도 못 하고 서 있었다. 마을 사람들도 하나 같이 거들었다.

"맞어요. 저 집 며느리랑께. 쪽진 거 보소이."

그제야 순사들은 돌아서서 청년들을 끌고 마을을 떠났다.

이순이는 오빠를 불러 보지도 못했다. 흐르는 눈물 때문에 떠나는 모습을 제대로 보지도 못했다. 벌써부터 오빠가 보고 싶었다. 엄마와 아빠 그리고 두 동생들, 경순 언니보다 오빠가 더 보고 싶었다.

오빠가 그렇게 끌려가던 여름이 가고, 가을이 가고, 유난히 힘겨웠던 추운 겨울이 지났다. 계절이 세 번이나 바뀌었지만 오빠에게는 아무 소식도 오지 않았다. 시어머니는 무소식이 희소식이라고 말하곤 했지만 이순이는 그게 무슨 말인지 몰랐다.

'잘 지내고 있다 소식이 오면 더 좋지 않을까.'

태평양 전쟁이 시작되고 일본이 전선을 동남아로 넓히면서 징용으로 끌고 간 사람까지 전쟁터로 보낸다는 소문이 자자했다. 심지어 학생들까지도 전쟁터로 보낸다고도 했다. 돈 있는 사람들은 미국과 싸울 비행기를 사서 헌납하기도 했다는 소문도 돌았다. 싸움도 못 하는 어린 소년들에게 총을 쥐어 주고 맨 앞에서 총알받이를 시킨다고 했다. 마을 어른들은 전쟁터에 끌려가면 십중팔구 죽을 거라고 말했다. 그런 말을 들은 날에는 '울 오빠가 을매나 잽싼디. 흥' 하며 흘려들었지만 잠이 오지 않았다.

한 살 더 먹은 성재 도련님은 먹은 것도 없는데 업는 게 힘에 부쳤다. 하지만 다행스러운 것은 성재 도련님이 쪽 비녀를 뽑지 않는다는 것이었다. 이제는 시어머니가 해 주지 않아도 쪽 비녀 채우는 일이 제법 수월해져 혼자서도 잘했다. '오빠가 오면 자랑해야지.' 하고 혼자 씨익 웃었다.

"도련님은 왜 이리 무겁다요. 혼자 놔두고 갈 수도 없고. 아이고 나 죽네."

집에 다 와 가는데도 마음은 더 급해졌다. 가슴이 밖으로 튀어나올 것같이 두방망이질이 쳐졌다. 성재 도련님을 잠시 내려놓고 단정하게 쪽을 지었다. 오랜만에 보는 오빠에게 이쁘게 보이고 싶었다.

이순이가 집에 도착하기도 전에 시어머니 울음소리가 사립문을 넘어 들려왔다.

마을 사람들이 모여 시어머니를 안쓰럽게 내려다보고 있었다. 어디에도 오빠는 보이지 않았다. 분명 철이 어매가 오빠가 돌아왔다고 이야기했는데, 아무리 두리번거려도 오빠는 그림자도 보이지 않았다. 두방망이질 치던 가슴이 철렁 내려앉았다.

"니꺼정 가면 이 에미는 으찌 살라고 그냐. 아이고. 불쌍한 내 새끼 으짤끄나. 아이고, 아이고."

시어머니는 가슴을 쥐어뜯으며 마당에 나뒹굴렀다. 그러다가 종이 조각 한 장을 부둥켜안고 서럽게 울었다.

"아이고. 아야. 니 서방이 죽었단다. 저 종이가 사망 통지서라는 것인디. 어리디 어린 것을 끌고 가서는 안쓰러워 어쩐다냐."

마을 어른의 말에도 이순이는 오빠가 죽었다는 게 믿겨지지 않았다. 종이 조각이 뭐라고 그걸 믿어야 하는지 도대체가 알 수 없었다.

오빠가 얼마나 빠른지 이순이는 알고 있었다. 철이 아재랑 장에 같이 나가도 늘 먼저 돌아오던 오빠였다. 나무도 제일 빠르게 해 오고, 이리저리 날쌔게 다녔던 오빠가 죽었다는 게 믿어지지 않았다.

"어머니, 오빠는 돌아온다고 했당께요. 지랑 약속했어요. 꼭 돌아온다고 했어라. 안 죽었당께요."

"정신 바짝 차려야 헌다. 불쌍해서 어쩐대. 쯧쯧."

언제 뒤따라 왔는지 울다 실신해 버린 시어머니를 방으로 옮

기던 철이 어매가 말했다. 마을 어른들은 이순이 어깨를 토닥이며 안쓰러워했다.

시어머니는 울다가 벌떡 일어나 앉았다가 다시 힘없이 눕기를 반복했다. 아무것도 모르는 성재 도련님은 시어머니를 따라 울다 잠이 들었다. 한밤중이 되어서야 간신히 진정이 되었다. 이순이는 성재 도련님 옆에 누워서 눈을 감고 오빠 얼굴을 그려 보았다. 부끄러우면 귀까지 빨개지던 오빠 얼굴이 생각 날 듯하다가 사라지기 일쑤였다. 멍충이 같이 오빠 얼굴을 그렇게나 많이 봤는데, 눈물이 났다.

'이럴 줄 알았으면 오빠 얼굴을 더 많이 봐 둘 것을.'

산에 올라가며 잘 다녀오겠다고 토닥토닥해 줬던 손끝이 아직도 따뜻했다.

며칠 후 오빠 소식을 듣고 엄마가 찾아왔다. 혼인을 하고 처음 보는 엄마라 반가웠지만 이순이는 웃지 못했다. 경순 언니를 잃고 엄마가 얼마나 힘들어했는지 이제 서야 알 것 같았다. '지금 어머니도 오빠를 잃고 힘들 거여. 울음을 참아야 허는디…' 생각은 했지만, 엄마를 보니 눈물이 주체할 수 없이 쏟아졌다. 눈물이 멈추지 않고 계속 나왔다.

"경순이처럼 니를 잃을까 봐 서둘러서 혼인을 시켰는디. 불쌍

해서 어쩐디야. 울어라. 슬프면 울어야 헌다. 참으면 안 되야."

엄마 한숨이 하늘까지 닿을 것 같았다. 이순이는 울면서 내 눈물이 어딘가에 있을 오빠에게 닿았으면 좋겠다고 생각했다.

'나는 오빠를 좋아했는데 오빠도 나를 좋아했을까. 얼굴만 붉히지 말고 좋아한다고 말이라도 해 볼 것을 멍충이같이…'

그동안 마음속에 있던 생각을 엄마에게 말했다.

"엄니, 여기서 오빠를 기다리고 싶어라. 성재 도련님도 어머니도 걱정이 돼서, 그래도 되지야?"

엄마가 이순이 얼굴을 어루만졌다. 따뜻했다. 엄마는 이순이 머리를 쓰다듬다가 쪽비녀를 어루만졌다. 그러더니 말없이 고개를 끄덕거렸다.

엄마는 시어머니를 바라보며 손을 맞잡았다. 서로의 손을 한참이나 토닥였다. 말하지 않아도 어른들은 손끝으로 마음이 전해지는 모양이었다.

"새애기가 남아 있겠다니요. 지는 을매나 고마운지. 면목이 없구만요."

"야가 결정한 일이다요."

엄마와 시어머니가 이순이를 바라보았다. 시어머니는 금방이라도 또 울 것 같은 얼굴이었다. 이순이는 얼른 성재 도련님을 업었다.

"안사돈, 간혹 사망 통지서가 잘못 올 수도 있답니다. 정 서방이 돌아올 수도 있다니께 기다려 보지요. 몰래 도망쳐 살아 돌아온 사람들도 있다고 합디다."

"야. 지발 그랬으면 좋겠어요."

시어머니는 눈물을 닦으며 마당으로 나와 엄마에게 인사를 건넸다. 이순이는 당산나무까지 배웅을 나왔다.

"또 올팅께. 그때꺼정 잘 지내고."

이순이는 멀어지는 엄마를 바라보았다. 엄마는 자꾸만 뒤돌아보았다. 이순이는 그때마다 손을 흔들어줬다.

멀리서 희미하게 때 이른 귀뚜라미 소리가 들렸다.

"도련님, 지가 송목골 전설 이야기 해 드릴 테니 들어 볼랑가요? 옛날에 한 여인이 살았다요. 서방님이 큰 세상을 보러 떠나는 걸 나무 밑에서 배웅을 했는디 그 나무가 이 당산나무라 안하요. 근디 나무 밑에서 배웅을 하면 꼭 돌아온다는 전설이 있대요…."

성재 도련님이 등에 업힌 지 얼마 안돼 금세 잠들었는데도 이순이는 오빠가 들려주던 옛날이야기를 끝도 없이 들려주었다. 어두워서 보이지 않는 마을 입구를 하염없이 바라보았다.

'내가 얼마나 잽싼지 알지야?'

멀리서 옥비녀를 든 오빠가 금방이라도 뛰어올 것만 같았다.

문예창작과를 졸업했지만, 글을 쓰지 못하는 시간을 오래 보냈습니다. 소설만 접하던 어느 날 동화를 공부하기 시작했어요. 쓰고 고치고를 반복하면서 작가의 꿈이 새록새록 돋아났습니다. 어느덧 한 편이 완성되고 나니, 좀 더 괜찮은 동화 작가가 되고 싶다는 생각이 들었습니다.

「오빠 생각」은 해방되기 바로 전, 태평양 전쟁 막바지쯤의 이야기입니다. 어린 소녀들을 잡아가던 때, 어린 소년들도 마구잡이로 끌고 가던 때.

서로를 지키기 위해서 부모들은 결혼이라는 제도를 선택했습니다. 정작 본인들은 속아서 혼인을 하고, 억지로 징용에 끌려가게 되죠. 하지만 서로 좋아하는 일들은 선택하지 않아도 생겨나는 일입니다. 「오빠 생각」을 통해 선택과 책임 그리고 사랑과 기다림으로 점점 성장하는 이순이를 보여주고 싶었어요. 아픈 역사 속에도 사랑은 늘 존재했다는 것도요.